W

OS RETORNADOS
UM AMOR NUNCA SE ESQUECE

Júlio Magalhães

OS RETORNADOS
UM AMOR NUNCA SE ESQUECE

Romance

Edição Especial Limitada

a esfera ⊕ dos livros

A Esfera dos Livros
Rua Garrett, n.º 19 – 2.º A
1200-203 Lisboa – Portugal
Tel. 213 404 060
Fax 213 404 069
www.esferadoslivros.pt

Distribuição: Sodilivros, SA
Praceta Quintinha, lote CC4 – 2.º Piso R/c e C/v
2620-161 Póvoa de Santo Adrião
Tel. 213 815 600
Fax 213 876 281
geral@sodilivros.pt

1.ª edição: Fevereiro de 2008
2.ª edição: Março de 2008
3.ª edição: Março de 2008
4.ª edição: Março de 2008
5.ª edição: Março de 2008
6.ª edição: Março de 2008
7.ª edição: Abril de 2008
8.ª edição: Abril de 2008
9.ª edição: Maio de 2008
10.ª edição: Maio de 2008
11.ª edição: Julho de 2008
Edição Especial Limitada: Outubro de 2008

O autor agradece a todas as pessoas que cederam imagens
para ilustrar a presente obra.

Capa: Compañia
Imagem da capa: Fotografia de Roger Viollet Collection/Getty Images
Fotografia do autor: Jorge Nogueira

Revisão: Eda Lyra
Paginação: Júlio de Carvalho
Impressão e acabamento: Gráfica Manuel Barbosa & Filhos

Depósito legal n.º 280 559/08
ISBN: 978-989-626-126-9

PRÓLOGO

Nasci em 1963. Nesse ano, em Dezembro o meu pai resolveu dar um novo rumo à nossa família: partirmos para Angola onde já estavam alguns familiares nossos.

Técnico de contas, na altura designado como «guarda-livros», respondeu afirmativamente aos desafios que lhe eram lançados de Angola pelos meus tios e rumou para África. Com emprego garantido na empresa «Cafés Moura», em Luanda, alugou uma casa no bairro da CUCA, na altura, uma das poucas casas existentes numa zona onde estava localizada a fábrica da conhecida cerveja angolana. O meu pai foi à frente, em Dezembro desse ano. Eu cheguei um mês depois nos braços da minha mãe. O meu irmão e a minha irmã só em Abril deixaram o Porto, onde morávamos, para se juntarem a nós.

Durou apenas um ano a nossa estadia em Luanda. Diz a minha mãe que o meu pai era tratado pelas pessoas ali daquela zona como o «Juca da Cuca». Em 1964, estávamos a fazer nova viagem e a cumprir novo destino. Um tio disse ao meu pai que uma empresa de Sá da Bandeira, hoje Lubango, designada por «Urbano Tavares de Sousa» estava a precisar de um «guarda-livros». Partimos.

Nesse ano de 64 passámos a residir em Sá da Bandeira onde nos mantivemos até 1975.

Quando a editora *A Esfera dos Livros* me lançou um desafio de escrever um livro sobre uma época ou figura da História de

Portugal, de imediato, ocorreu-me escrever algo sobre África, mais precisamente, Angola.

Inicialmente pensei num enquadramento que explicasse porque é que depois de tantos anos em África, uma descolonização precipitada nos tinha obrigado a deixar tudo num país de tantos recursos. Na realidade, trouxemos, apenas, os jogadores de futebol.

Não era um tema fácil. Alguns dias de maturação e lembrei-me de uma conversa que tive com uma hospedeira da TAP que me contou a sua carreira naquela companhia e me falou de forma emocionada e orgulhosa do que foi a ponte aérea entre Luanda e Lisboa entre 1974 e 1975. Recordei essa conversa e pensei que podia ser um bom ponto de partida para este livro.

A editora pedia-me um livro com enquadramento histórico, mas que fosse romanceado. Demorei alguns meses a tentar perceber como podia eu «pegar» num momento tão dramático da História para alguns milhares de portugueses e, sem perder o enquadramento histórico e temporal, romanceá-lo.

O produto está neste livro.

Na pesquisa que fiz reparei que não falta literatura sobre a descolonização, a guerra no Ultramar, a ponte aérea e o que foi a vida de muitos milhares de portugueses em África. E literatura feita por gente que viveu de perto esses momentos. Não me atrevi por isso a fazer juízos de valor, nem a retratar pormenorizadamente tudo o que se passou entre 1961 e 1975.

Este é apenas um livro, romanceado, que parte de alguns factos e testemunhos verídicos. Só podia ser mesmo sobre África e especificamente sobre Angola onde vivi os anos mais felizes da minha vida. Os anos que nos permitem descobrir o Mundo sem condicionalismos.

Embora natural do Porto, sinto-me um africano. Foi ali que cresci. Em Sá da Bandeira, na minha rua, na minha casa, na minha escola, com a minha família, numerosa e ali residente, e os amigos do meu bairro.

Hoje, trinta e dois anos após o nosso regresso ao Porto, consigo percorrer mentalmente e de forma nítida todos os caminhos que fazem parte da minha infância. O meu jardim-escola, *Os*

Piriquitos, onde havia um parque infantil e um minijardim zoológico, mesmo em frente ao quartel-general.

Mais tarde passei para a escola primária n°. 60, Luís de Camões, praticamente ao lado. Recordo a minha professora Catarina, que me ofereceu umas boas reguadas. Como gostaria de revê-la...

Os caminhos para casa, ora pela rua do cinema Arco-Íris, ora pela Missão, até à rotunda da Mitcha onde morava. Os jogos aos domingos do FC Lubango, clube do qual o meu pai foi presidente, as boas lagostas da Royal, um bar-restaurante mesmo em frente ao Rádio Clube da Huíla, os passeios ao domingo no picadeiro, desde a Florida até à Praça da Câmara, e da Igreja, da Senhora do Monte, das quedas de água da Ungéria, do Cristo Rei ou da paisagem esmagadora da Tundavala, onde um eco parecia chegar ao fim do mundo, ou das nossas incursões de bicicleta e a pé pelo rio das Pedras. Os nossos dias na Chíbia, onde o meu pai tinha uma fazenda.

E até dos momentos emocionantes que vivíamos quando qualquer equipa do Continente nos visitava. Deslocávamo-nos em massa para o aeroporto para ver de perto os nossos heróis cujos nomes só ouvíamos pela rádio, líamos no jornal ou apreciávamos pelas colecções de cromos.

A escola preparatória de Sá da Bandeira, onde ainda frequentei o ciclo e o Liceu Diogo Cão, mesmo em frente ao grande hotel da Huíla. E claro, a minha casa, onde gostava de regressar e saber se a minha «pitangueira» ainda permanece naquele canteiro ao cimo do meu quintal. E dos nossos empregados, sobretudo o Zé, meu incomparável companheiro, que me levava ao autocarro da escola e se ria desabridamente quando lhe dizia que estava com dores de barriga para ver se não ia às aulas.

Tudo o que deixámos quando em 1975 tivemos, como tantos outros milhares de portugueses, de rumar ao Continente e abandonar África.

No Porto, onde tínhamos familiares, refizemos as nossas vidas. Com alguns sacrifícios para os meus pais e todos os familiares que tiveram de nos acolher para retomarmos novo rumo.

Foi talvez por tudo isto que ousei aceitar este desafio. É apenas um livro, um romance, sobre gente que foi tratada como «retornados» e cujo contributo para a dinamização da economia nacional nos anos 80 e 90 ainda não foi reconhecido.

Não é um ajuste de contas com a História nem tão-pouco um alerta para os muitos milhares de «despojados» do Ultramar que ainda estão por ressarcir pelo Estado português.

Este livro significa provavelmente o meu regresso a África. Nunca mais voltei à minha cidade, o Lubango, ex-Sá da Bandeira, mas é minha convicção de que isto é o princípio dessa viagem que há tantos anos me apetece fazer. Em livro, agora, fisicamente mais tarde. Disso tenho a certeza.

Júlio Magalhães

1.

Pela frente um longo corredor com filas de três lugares de cada lado, repletas. Joana nem sequer conseguia olhar para os passageiros que enchiam aquele Jumbo 747. Firme, de olhar pregado no fundo do corredor, esperou que a voz do comandante a salvasse daquele prolongado silêncio:

«Bem-vindos ao voo 233 da TAP. A nossa viagem com destino a Lisboa tem uma duração de 9 horas e 35 minutos. O tempo previsto em rota é bom. Peço a vossa atenção para as instruções de segurança que a seguir apresentamos.»

O comandante Afonso Rosa sabia que não podia alongar-se muito mais, nem sequer deixar transparecer um sorriso. Dizer a todos aqueles passageiros «Bem-vindos ao voo 233 da TAP» já era demasiado doloroso.

Ninguém naquele avião desejava fazer aquela viagem. Faziam-na porque eram obrigados a fugir do terror da guerra. Na verdade, ninguém ouviu as palavras do comandante, apesar do absoluto silêncio que imperava no interior da aeronave. Quem ia à janela não tirava os olhos do exterior. Quem se sentava nos bancos do corredor, encostava a cabeça ao assento, fechava os olhos e tentava pensar que não estava ali, naquele lugar, a virar costas a uma vida.

De frente para os passageiros, no meio do corredor junto aos lugares 1.A, 1.B, 1.C, 1.D, 1.E, 1.F, Joana, hospedeira de bordo, ouvia as indicações dadas pela chefe de cabina e fazia aqueles gestos tantas vezes repetidos: «Duas portas à frente, duas ao meio, e duas atrás. Em caso de despressurização, pegue na máscara colocada debaixo do seu assento, aplique-a tapando o nariz e a boca e ajuste o elástico à nuca. Na bolsa do assento da frente encontra o colete de salvação. Em caso de necessidade, coloque-o por cima do corpo, ajuste os cintos laterais e com a boca insufle o colete através deste tubo. A TAP deseja-lhe uma boa viagem.»

Enquanto dava as indicações, o avião deslizava pela pista à procura do corredor para levantar voo.

Joana arrumou nos armários os apetrechos de segurança, fechou as portas de todos os compartimentos onde se apinhavam os sacos e malas de pequena dimensão, e sentou-se num banco que ficava junto à porta da frente do avião, virada para os passageiros. A descolagem começaria dentro de três segundos. Ao sentar-se levantou os olhos para o tecto. Não queria enfrentar os rostos fechados na hora do avião inclinar o bico e subir a pique até estabilizar a altitude.

De repente, sentiu uma lágrima correr pela face. Fez um esforço quase desumano para não se desfazer em lágrimas: sentiu que pela primeira vez, ninguém a tinha ouvido, ninguém tinha tomado atenção às indicações de segurança. E sentiu bem. Excepção feita às crianças que iam naquele voo, ainda sem idade para perceberem as razões e as emoções daquela viagem, todos os outros passageiros, de coração despedaçado, pouco ou nada se importavam com os pormenores de segurança do voo.

Joana sentiu um aperto no coração, porque percebeu que se por qualquer motivo a aeronave se despenhasse sobre o Atlântico durante a noite, muitos dos cerca de 380 passageiros que enchiam aquele avião não esboçariam sequer um «ai» de aflição. Para muitos, viver já não fazia sentido. Aquela bem que podia ser a última viagem das suas vidas.

O olhar que deixavam pela janela redonda do avião perdia cor, perdia vida à medida que iam vendo a baía de Luanda ficar para trás. Os prédios alinhados pela estrada junto à água, o hotel Presidente, a Avenida Marginal, a Fortaleza que trazia à memória os passeios de domingo, e a ilha com um último olhar sobre a Barracuda, restaurante que era ponto de encontro e que já tinha perdido o brilho de outros tempos. O Clube Náutico, as praias de água límpida e quente, banheira de uma cidade sufocada por um calor e uma humidade que proporcionava a quem lá vivia uma vida descontraída, toda ela com sabor a liberdade da terra abrasadora, salpicada por raras chuvas que levantavam um aroma que atravessava as vidas de todos os que daí partiam.

Aquela baía que continuava pela ilha era o bilhete-postal de Angola. Nos livros escolares, nos folhetos turísticos, nos documentários que passavam no cinema e que antecediam o início de cada filme. Aquela baía era a face visível de um país moderno, desenvolvido e que funcionava no Continente como o *el dourado* que muitos milhares procuravam e com o qual sonhavam.

Agora, pela janela redonda do avião, Angola já não era mais um sonho dourado mas uma recordação magoada. *Será que voltaremos?*, era uma questão que todos colocavam a si próprios, mas que ninguém queria verbalizar com medo da resposta.

Até que aquele cenário desapareceu completamente quando perfuraram as nuvens altas e cerradas que já não deixavam ver mais nada. Apenas um futuro incerto.

Sentado a uma das janelas, na primeira fila, Carlos Jorge correu a pequena cortina que lhe cortava a luz directa do exterior. A cortina que lhe cortava de vez o cordão umbilical com África, para onde tinha ido, com apenas dezassete meses por decisão do pai que decidiu emigrar com a família para o Ultramar à procura de uma vida melhor.

Tinham deixado o Continente no início dos anos 50. O pai Alberto, homem das artes, pintor considerado na terra que o viu nascer, Coimbra, um dos mais jovens promissores na arte de pintar telas a óleo, percebeu cedo que o atraso do país e o regime pouco dado a liberdades de expressão lhe davam reduzida margem de manobra para se dedicar a uma paixão que dificilmente ia ser correspondida. Tinha feito o curso de Belas Artes no Porto, contra a vontade dos pais que naquele tempo olhavam de soslaio e com poucas esperanças no futuro para quem se dedicava a qualquer tipo de arte, como a pintura, a escultura, ou até a música.

A mãe, Josefa, formada em Coimbra, professora primária, não teve dúvidas em acompanhar o desejo do marido quando este lhe disse que deviam tentar a sua sorte em África. Não queria ficar confinada a uma vida de ensino numa escola centenária, projectada pelo antigo regime, a funcionar num edifício em pedra granítica, com o brasão no cimo da porta e onde se tratava da educação nacional. Estava colocada em Penela, e todos os dias se via obrigada a duas viagens de camioneta por estradas estreitas e difíceis, entristecidas durante um Inverno que durava de Outubro a Abril com chuva, frio e muito nevoeiro.

Assiduamente detinha-se a ler vezes sem conta as cartas dos primos de África e a descrições que faziam de Angola. Viajava naquelas leituras por Luanda, pelas praias, pelo calor e, às vezes, dizia, até sentia naquele papel de carta o cheiro intenso da terra húmida africana.

Com a mesma irreverência com que Josefa enfrentou os pais que se opunham a um «namorico» que se transformou em casamento com um homem das artes, resolveu «voar» nas asas de uma ilusão para terras africanas onde a esperavam oportunidades de trabalho e uma vida carregada de cor, convivência e boa disposição.

Carlos Jorge tinha apenas dez meses quando os pais começaram a falar da possibilidade de emigrar, tentados pelos insistentes apelos dos primos que não se cansavam de os cativar para se meterem num barco e rumarem a terras quentes de África.

Passados sete meses partiram de malas aviadas e coração cheio de esperança do cais de Alcântara, no paquete *Príncipe Perfeito*. Sete meses foi o tempo suficiente para se organizarem e deixarem para trás a vida e o centro do país onde apenas tinham uma raiz teimosamente mantida por uma tia, irmã do pai, que há muito estava retirada no convento das Carmelitas, em Coimbra, longe da vida pública, mergulhada num chamamento que aos olhos de todos às vezes se torna difícil de compreender. Além da tia, ficavam uns quantos amigos de curso e colegas de trabalho.

A certeza de uma vida melhor não deixou que uma lágrima que fosse lhes corresse pela face quando ouviram a sirene do barco em sinal de partida rumo a Luanda. Nos braços, Josefa levava Carlos Jorge. Era a única preocupação que tinham. Não sabiam ao certo como era partir para o desconhecido com um bebé nos braços, onde queriam assentar arraiais e vê-lo crescer.

A recepção dos primos facilitou a chegada. O «mergulho» na nova realidade, o impacto de uma cidade que crescia e fervilhava de paixão e alegria não lhes dava espaço para pensarem na forma como iam agora enfrentar o futuro.

Os primeiros dias foram para conhecer a cidade, as praias, os restaurantes e até o círculo de amigos que os primos, os motivadores desta súbita mudança nas suas vidas, já tinham em Luanda.

O pai Alberto não teve dificuldade em começar a trabalhar. Homem das artes tinha chegado a um país onde a natureza dava espaço a muita criatividade. Mas primeiro era preciso começar a trabalhar e ganhar dinheiro. Teve, por isso, de se adaptar a uma nova realidade e empregou-se numa empresa de criação de gado.

A mãe Josefa conseguiu colocação numa escola primária de Luanda, mas logo propôs à prima, também ela professora, ainda que dedicada às matemáticas, que abrissem uma centro de explicações.

Um ano depois estavam definitivamente integrados na sociedade e no ritmo de vida de Luanda.

Alberto crescia dentro da empresa e angariava dinheiro para erguer um centro de Artes para jovens em Vila Alice, bairro de Luanda onde tinham decidido comprar casa e viver. Passados cinco anos já tinha alargado o projecto do centro de Artes a cidades como Nova Lisboa e Benguela. O seu objectivo era expandir estes núcleos por todo o país e proporcionar o ensino das Belas Artes a muitos jovens espalhados por um país imenso. Era um projecto que desenvolvia enquanto trabalhava na empresa de criação de gado, onde auferia já um confortável ordenado que lhe permitia dar asas aos seus sonhos. Josefa e a prima dividiam-se entre as aulas que leccionavam e o espaço de explicações que tinham aberto, que estava já com mais inscrições do que aquelas que inicialmente tinham previsto. O próximo passo foi abrir uma rede de escolas de explicações por Luanda.

Foi neste cenário de tranquilidade que Carlos Jorge cresceu. Subiu infinitas vezes as longas escadas do Liceu Salvador Correia onde viveu os tempos da sua juventude. Numa terra de calor e liberdade, eram poucos os que se mantinham disponíveis para grandes estudos. Carlos Jorge conseguiu ainda assim um ponto de equilíbrio. Não era de grandes notas – poucos o eram – mas nunca chumbava por faltas e mantinha um ritmo seguro em cada ano lectivo. Jogar à bola, grandes farras em garagens, a praia, a mini-Honda, que lhe garantia algum sucesso entre o sector feminino, foram atravessando uma juventude sempre inquieta, mas bem definida.

Os pais nunca se opuseram às opções do filho. Deram-lhe a liberdade que também eles tiveram e que lhes conferiu forças para nunca se vergarem perante as adversidades da vida. O pai Alberto teve pena, mas sabia que o filho não tinha nascido com mão para a pintura e que o seu futuro não passaria pelas artes. Mas foi com orgulho que ele e Josefa viram o seu Carlos Jorge entrar na Faculdade de Medicina de Luanda.

Foi durante os tempos da Faculdade que Carlos Jorge conheceu Ana Maria, também médica, ela já nascida em Angola, bem no Sul, em Sá da Bandeira onde estudou no Liceu Diogo Cão até ingressar na Faculdade de Medicina. O seu objectivo era regressar, depois de formada, à sua terra natal, onde viviam os pais, mas o coração traiu-a. Uma paixão avassaladora por Carlos Jorge nunca mais a tirou de Luanda. Mal terminaram o curso, ingressaram ambos no Hospital Maria Pia.

Os pais de Ana Maria mantiveram-se em Sá da Bandeira. A mãe dava aulas na Escola Primária n.º 60 Luís de Camões, mesmo ao lado do parque da cidade perto do quartel-general. O pai era proprietário de uma empresa de camionagem e tinha uma fazenda de vários hectares ali próximo, na Chibia, a caminho das cascatas da Unguéria.

Era opinião generalizada que esta cidade do Sul de Angola tinha o melhor clima do país. Situada num planalto, não se obrigava às temperaturas escaldantes de outras regiões e muito menos à humidade sufocante que se sentia, por exemplo, em Luanda. Viviam tranquilamente no bairro da Laje, bem perto da igreja. Era dali que todos os dias saíam para levarem a pequena Ana Maria ao liceu mesmo em frente ao grande hotel da Huíla.

Ana Maria tinha saudades desse tempo, gostava mais de Sá da Bandeira que de Luanda, mas o amor e a paixão pelo noivo eram infinitamente mais importantes que a localização física.

Não havia como recusar o destino: estariam juntos para o resto da vida. Carlos Jorge e Ana Maria casaram em Luanda e ali ficaram a viver no bairro da CUCA, precisamente no prédio onde no topo era visível um painel publicitário desta famosa cerveja que era a mais consumida em Angola. A fama desta bebida chegava ao Continente. Leve, engarrafada em garrafas redondas, era também uma imagem de marca do país. «Cuca, um prazer que pede bis», lia-se no gigantesco painel publicitário que se erguia no topo do prédio e que se via de todos os ângulos da cidade.

Painéis que nas décadas de 1960 e 1970 davam conta do modernismo que Angola encerrava, com prédios enormes servidos por largas avenidas e onde já se bebia Coca-Cola, refrigerante cujo consumo era ainda proibido no Continente. «Coca-Cola, a bebida mais bebida», era o apelo publicitário a que os jovens de Luanda não resistiam.

Carlos Jorge e Ana Maria foram muito felizes em Luanda. Tinham um grupo de amigos com o qual faziam grandes churrascadas, iam ao cinema, faziam praia ao fim-de-semana. A vida corria quase de forma perfeita...

Sentada no avião, ao lado de Carlos Jorge, Ana Maria com um dos seus filhos nos braços, tentava a todo o custo afastar a tristeza e lembrar-se do gosto da comida tradicional do restaurante Pólo-Norte, do sabor doce dos bolos da pastelaria Gelo, mesmo ao lado da antiga Casa Portuense, na rua Salvador Correia... Mas por mais que tentasse, a sua boca tinha apenas o travo amargo da partida.

2.

(Arquivo particular de António Barbosa)

Naquela manhã de 15 de Outubro de 1975, Joana aproveitava um dia de folga há muito desejado, para pôr o sono em dia e descansar da fadiga que viajar a muitos pés de altitude sempre provoca no corpo. Nem sequer tinha pensado em sair de Lisboa. Naquele dia entregava-se pura e simplesmente ao sono. Tinha planeado aproveitar o dia para pensar em si e quem sabe até rever alguns amigos que há muito não tinha oportunidade de visitar devido à sua vida demasiado agitada.

Farta de viagens estava ela. Na noite anterior tinha chegado já tarde de Paris numa viagem que começou cedo rumo a Bruxelas, com escala em Madrid. Regressou a Lisboa onde ainda almoçou, mas sem tirar a farda que orgulhosamente envergava. É que à tarde tinha de subir de novo as escadas do avião e oferecer aos passageiros uma viagem confortável até à capital francesa.

Joana adorava o seu trabalho e graças a ele tinha conseguido, com apenas vinte e dois anos, a sua independência financeira em relação aos pais. O seu sonho era agora com o dinheiro que tinha vindo a poupar nestes quinze meses de trabalho árduo conseguir arranjar uma casa para si. Não é que não gostasse de morar com os pais, mas estava na hora de se aventurar sozinha na vida e começar a ter o seu recanto mais próprio, mais íntimo e muito seu. Andava já há algum tempo a consultar os classificados do *Diário de Notícias* e a assinalar alguns apartamentos que lhe podiam servir.

Joana morava com os pais e o irmão Luís, nos Olivais, bairro residencial situado na cercania do aeroporto de Lisboa, numa casa de típica construção do Estado Novo. Dois pisos, um *hall* de entrada, compartimentos pequenos, mas bem arrumados. Uma sala de estar que era também de jantar, onde estava a televisão, uma Grundig encaixada num armário com várias prateleiras onde se concentravam livros, bibelôs e fotografias de família devidamente emolduradas.

Do armário saíam ainda duas portas que escondiam a televisão que à uma hora da manhã encerrava a emissão da RTP com imagens da bandeira nacional ao vento, ao som da Portuguesa. A casa tinha ainda uma cozinha, um quarto de banho, uma exígua lavandaria e um quintal pequeno mas bem arranjado. No piso superior, três quartos, não muito grandes mas suficientes, servidos por um WC completo.

No quarto de Joana, entre as fardas de hospedeira penduradas e malas sempre espalhadas pelo chão, ainda havia vestígios da sua infância: as suas três bonecas que guardava dos tempos em que saltava à corda, e os seus livros de estimação como *Os Sete* de Enid Bliton, *Alice no País das Maravilhas* que Joana lia deliciada, sonhando com o seu país de sonho, ou *Tex Tone*, livros de *cowboys* que o seu irmão Luís a obrigava a ler vezes sem conta em voz alta.

Eram casas feitas à medida da classe média, na sua maioria funcionários do Estado. O pai de Joana, o senhor Teixeira, trabalhava na CP. A mãe, a dona Esmeralda, trabalhava em casa, fazia bolos para fora e tricotava umas camisolas para os filhos ou sobrinhos a fim de preencher as horas em que marido e filhos não estavam em casa. Tinha, no entanto, a difícil missão de tratar das lides domésticas e da educação de Joana e de Luís, dois anos mais novo que a irmã. Luís já estava colocado na companhia de caminhos-de-ferro, no mesmo emprego do pai, para assegurar futuro na função pública, porque não gostava de estudar. Não tinha nascido para «queimar» as pestanas com os livros e, por isso, desde cedo o pai preocupou-se em mexer cordelinhos para não deixar o filho «pendurado» na linha da vida e com muitas horas do dia dedicadas ao vale dos lençóis à espera que o amanhã caísse do céu.

De Joana, o senhor Teixeira esperava mais... rapariga atinada e dedicada ao estudo, sabia que faria o curso de Direito sem percalços e cumpriria o sonho de ver a filha vestida de negro a defender causas nobres. E, mais do que isso, teria o sublime prazer de dizer aos vizinhos que a filha era doutora, advogada, uma das melhores do curso da Faculdade de Direito de Lisboa.

Só que Joana tinha crescido ali naquela habitação perto do aeroporto. Todos os dias, a qualquer hora, via aviões a fazerem voos rasantes à sua casa para «pegarem» o corredor de aterragem. Outras vezes apreciava os grandes pássaros de ferro a subirem a pique em direcção ao céu e desaparecerem no imaginário de mais uma viagem.

No seu quintal de pouco mais de dez metros quadrados fixava o olhar naquele avião que partia e se ia perdendo no imenso céu azul. Para onde iria agora aquele gigante, para onde iriam as pessoas que nele se faziam transportar?

Joana sonhava e voava também para fora do espaço onde todos os dias se sentia viajante. Ela era do tempo em que na escola se aprendia o mapa-múndi, se estudava ao pormenor o atlas e se sabia tudo sobre os continentes, países, capitais, oceanos e rios e até linhas ferroviárias. Por isso, sempre que um avião levantava voo e a sombra da máquina voadora cobria o seu quintal, ela sabia com todo o rigor para onde queria imaginariamente viajar.

Quando Joana estava no segundo ano do curso de Direito, tal como o pai tinha vaticinado, leu num jornal que tinham aberto inscrições para trabalhar na Transportadora Aérea Portuguesa. Ora aí estava uma oportunidade de ouro para cumprir o sonho que a comandara desde criança e, ao mesmo tempo, atenuar o sacrifício financeiro que os pais faziam para lhe proporcionar um curso superior.

O senhor Teixeira não viu com bons olhos esta pretensão da filha. Apreciou o gesto, mas preferia todos os meses contar o dinheiro, abdicar de um fim-de-semana de lazer longe de casa para um dia poder dizer a todos que a filha já era doutora.

João também não gostou da ideia. Era colega de curso de Joana, mas mais do que isso era o namorado que já frequentava a casa dela como amigo e onde era bem recebido: esmerado na educação, sempre revelando um grande respeito por Joana e pelos pais, era visto como um protector da filha. Ainda por cima, estava sempre na mesma onda do pai de Joana, mesmo que não concordasse. Fazia-o para cair nas boas graças da família Teixeira e assim continuar a ter a confiança de poder entrar naquela casa e estar perto da namorada.

Pai e namorado não pararam de a azucrinar tentando fazer--lhe ver que, ao trabalhar na TAP, as viagens incessantes iriam aos poucos retirar-lhe tempo e disponibilidade para o curso e nunca mais chegaria ao fim. A perspectiva do pai era diferente da de João. Enquanto o senhor Teixeira temia nunca chegar a ver a filha de capa e batina e com o «canudo» na mão, João, embora reforçasse com ênfase a tese do pai de Joana, guardava secreta-mente o desejo de que ela não levasse por diante os seus inten-tos: mais do que poder não acabar o curso, o que o preocupava verdadeiramente era deixar de vê-la com frequência e, quem sabe, até de vez. O coração dela ficaria muito exposto a outras investidas.

Joana não tinha a mesma opinião. Trabalhar e estudar era o que faziam muitos alunos e ela haveria também de conseguir cumprir o sonho de trabalhar, começar a amealhar uns trocos e acabar o curso. Mas estar na TAP não era um emprego como os outros, onde havia horários pré-estabelecidos e vida organizada.

Após acesas conversas, muitas negociações e balança pesada entre prós e contras, Joana lá saiu vencida, mas não convencida. Eram dois contra um porque a mãe ficava no sofá a ver na tele-visão o programa da noite enquanto fazia croché, limitando-se de quando em vez a apurar o ouvido para saber como ia a con-versa. Sempre que lhe pedia opinião, Joana ouvia a mesma res-posta: «O teu pai é que sabe.»

Quanto ao irmão nem sequer participava destas discussões fa-miliares. Jantava à mesa com a família e logo saía para o café mais próximo onde tinha temas mais importantes para conversar com os amigos que andavam invariavelmente à volta do futebol e das miúdas.

Ok. Vou com o curso até ao fim. Um dia, talvez, nunca se sabe, pensou Joana aceitando a decisão familiar. Mas, aquela ideia ficou-lhe «fisgada». Não deixou que a irracionalidade naquele momento tomasse conta dela, levou o curso por linhas direitas, mas no fundo sabia que o seu futuro seria como os pássaros, sem limites, barreiras ou fronteiras.

3.

(Arquivo particular de António Barbosa)

Joana tinha terminado o curso de Direito com notas distintas. Não havia colega nenhum que não lhe augurasse uma carreira fulgurante na advocacia. Era daquelas mulheres que quando mordia não largava. Tinha carisma, era firme nas suas convicções e desde logo foi convidada para estagiar num conhecido escritório de advogados para os lados da Avenida da Liberdade perto do Marquês de Pombal.

Gostava do que fazia, começou a ganhar gosto pela profissão e acompanhava o patrono a todos os julgamentos. Já dava ideias, já traçava estratégias, analisava, tirava apontamentos, estudava a fundo todos os processos.

Estávamos em Maio de 1974, Portugal vivia os primeiros dias de democracia após a revolução de 25 de Abril que punha um ponto final no regime ditatorial que havia durado mais de quarenta anos.

Joana deparava-se com o caso mais arrepiante da sua ainda curta carreira. O patrono convidou-a para o acompanhar no julgamento de um homem que era acusado de violar e maltratar as duas filhas menores. Não havia a mínima dúvida da sua culpa, mas após todas as testemunhas terem sido ouvidas, na hora da condenação o juiz não ficou convencido. Falta de provas evidentes e o silêncio carregado de medo da mulher e das filhas salvaram aquele homem de passar grande parte do resto da vida entre as grades.

Joana saiu revoltada do tribunal. Com a absolvição do pai, Ana e Catarina, de dez e oito anos tinham acabado de ser condenadas a prisão perpétua. Esperava-as de novo uma vida de terror. Saiu da sala do tribunal como uma flecha, de carteira em punho. Estava desfeita e chorava convulsivamente. Só conseguia esgrimir uma frase: «Eu não sirvo para isto.»

Esperou ainda um bom bocado na rua pela boleia do patrono, o tempo suficiente para enxugar as lágrimas e recompor-se. Entrou no carro e seguiram para o escritório. Nem uma palavra durante o percurso. Mal entrou, os advogados mais experientes disseram:

– Hoje não trabalhes mais. Tira a tarde para espaireceres.

Joana não hesitou. Desceu as escadas e a pé percorreu a Avenida da Liberdade até aos Restauradores.

As duas crianças não lhe saíam da cabeça. Aquela decisão do juiz tinha-lhe batido de frente no coração. Percorria com os olhos algo que a desviasse dos acontecimentos daquela manhã. Ora montras, ora carros, ora pessoas, até que reparou num painel gigante que cobria a fachada do edifício Éden. Um cartaz expressivo de um filme que graças ao 25 de Abril estava finalmente nas salas de cinema: O Último Tango em Paris. É disto mesmo que preciso, pensou.

A sessão começava às 15.30. Joana ainda tinha dez minutos, entrou e sentiu os olhares de soslaio de homens ciosos de verem um filme que lhes prometia fantasias eróticas raramente vistas no nosso país.

Não era um filme para mulheres, ou melhor, próprio para uma mulher ir ver sem companhia – os preconceitos ainda persistiam, Abril tinha sido há menos de três semanas, mas nada a intimidou. Estava a marimbar-se para os outros.

Entrou e foi ao bar beber um café. Sentia os homens a despirem-na com os olhos, mas não ligou. O seu pensamento, de resto, estava longe, continuava na barra do tribunal e em Ana e Catarina, meninas a quem não conseguia vislumbrar um futuro que não fosse um dia irem parar a um bar de alterne. Conseguiu beber o café sem sequer olhar para o empregado que a serviu. Nem reparou que ao seu lado uma outra mulher não parava de a observar.

Estava carregada de dúvidas, tinha a certeza de que a conhecia, mas não conseguia ganhar coragem para avançar. Até porque a cara de Joana naquele dia era tudo menos simpática.

Quando Joana perguntou ao empregado quanto devia do café, ela não se conteve:

– Joana. Joana Teixeira! Ou será que estou enganada?

– Carla, há quanto tempo!

Não resistiram e deram um longo abraço. Joana voltou a emocionar-se, Carla ainda tentou saber se estava a acontecer alguma coisa de grave, mas Joana disse-lhe para não ligar.

– Que é feito de ti, dos teus pais, que fazes na vida?

Tinham ambas tantas perguntas para fazer uma à outra que não conseguiram ordenar palavras.

Joana e Carla tinham sido amigas inseparáveis durante o liceu. Eram quase vizinhas, andavam na mesma escola, na mesma turma, partilhavam horas de estudo juntas, segredos e confidências sobre os rapazes mais bonitos da escola, os namorados, o «diz que diz-se».

Até que um dia os pais de Carla decidiram trocar o barulho dos aviões sobre o bairro dos Olivais pela pacatez da vila de Cascais, onde decidiram abrir um restaurante. Nos primeiros tempos ainda se contactaram, mas naquela altura, Cascais ficava longe de Lisboa, servida apenas pela marginal e pelo comboio. A distância foi separando aquelas duas almas gémeas até que cada uma seguiu o seu percurso e nunca mais se viram.

Agora estavam ambas ali, no mesmo sítio, num cinema para verem um filme pouco recomendável, mas nenhuma se surpreendia. Era aquela personalidade forte que as marcava desde miúdas e que também por isso as levava a identificarem-se uma com a outra.

– Os meus pais estão bem. A minha mãe lá continua sempre dedicada ao marido, o meu pai a trabalhar, o meu irmão está com ele na CP. Eu sou advogada. Formei-me em Direito e cá ando já a trabalhar. E tu? Sempre foste para Medicina? Já andas a tratar da saúde ao pessoal?

– Não. Dei uma volta completa à minha vida. Nem vais acreditar. Sou hospedeira na TAP – contou Carla depois de ouvir o breve resumo da amiga.

Joana sentiu um aperto no coração, Carla percebeu que tinha perturbado a amiga, mas em vez de lhe perguntar o que era, preferiu contar o seu percurso de vida.

– Sabes como é, fomos para Cascais, os meus pais começaram com o restaurante e eu e a minha irmã íamos estudando e nas horas vagas, ajudávamos a empurrar o restaurante para a frente. Não consegui boas médias. Quando terminei o 7.º Ano, um comandante da TAP que é lá cliente desafiou-me a tirar o curso de hospedeira. Nem hesitei. Sabes, nós já tínhamos aquela ideia em miúdas. Víamos os aviões, conversávamos, e quando ele me falou nisso escolhi ali mesmo o que queria. Fiz testes, comecei a trabalhar como hospedeira de terra o que me permitiu tirar o curso de Germânicas. Formei-me e agora passo cá pouco tempo. Ainda ontem à noite cheguei de Roma, hoje tenho o dia livre, mas logo à noite já tenho viagem marcada para Nova Iorque.

Joana estremeceu, mas controlou-se.

– Mas vocês passam a vida a viajar?

– Passamos. Não somos muitas, as ligações aéreas com outros países aumentaram, sobretudo com África e as nossas colónias. Ou seja, aumentou o trabalho e somos as mesmas. Agora até ouvi dizer que iam abrir vagas para meterem mais gente. Tu tinhas «pinta» para aquilo – disse Carla com um largo sorriso –, mas agora és uma senhora doutora advogada e, se bem te conheço, tenho a certeza de que vais fazer uma grande carreira.

Na emoção do encontro nem se aperceberam de que o filme já tinha começado.

– Vamos entrar que o Marlon Brando está à nossa espera.

Calhou bem entrarem com a fita já a rolar. Com a sala já escura evitaram mais olhares indiscretos enquanto seguiam atrás do funcionário que lhes indicava o lugar com uma lanterninha.

Conseguiram sentar-se uma ao lado da outra.

No final nem tiveram tempo de falar sobre o filme. Carla estava com pressa já que partia ainda nessa noite para Nova Iorque. Trocaram contactos e Carla prometeu ligar-lhe:

– Um dia entre dois voos pelo mundo, telefono-te e vais passar uns momentos comigo a Cascais e jantas lá no restaurante.

– Combinado.

Carla saiu em passo apressado e Joana regressou a casa. O reencontro e a conversa com a amiga assaltaram o seu imaginário. Deu conta de que não se tinha lembrado mais de Ana e de Catarina e nem sequer se tinha detido sobre a história do filme. Retinha apenas as imagens escaldantes protagonizadas por Marlon Brando e Maria Schneider que não obrigavam a grandes reflexões intelectuais.

Só quando ao deitar-se apagou a luz é que se voltou a lembrar de que aquele dia tinha começado muito mal. O que seria daquelas duas crianças? Quase se condenava por não as ter resgatado daquele inferno que elas lhe descreveram que tinham em casa.

Na véspera do dia da sentença, Joana passeou durante toda a tarde com aquelas duas crianças. Sentiu-as quase suas filhas. Passeou-as por Lisboa, levou-as ao jardim zoológico, comeram algodão-doce. Uma tarde, apenas, na vida daquelas duas almas desprotegidas. Por várias vezes Joana ficou sentada no banco do jardim a vê-las brincar. Coisas tão banais para ela, mas tão inéditas na vida de Ana e de Catarina que não tinham direito a um brinquedo, a uma brincadeira ou sequer a um sorriso.

Quando as levou de volta para a mãe, ainda teve tempo para passar numa loja e comprar, a cada uma, um fio que tiveram direito a escolher. Não quiseram que a senhora da loja embrulhasse. Timidamente pediram a Joana se podiam levar já ao pescoço tão distinto presente. E de sorriso rasgado sentiram-se umas «senhoritas», as mais lindas do mundo com aquela volta ao pescoço que segurava a imagem de Jesus Cristo na cruz. Coisa discreta, mas de tão grande significado.

Joana ainda lhes disse:

– Este Senhor vai ser o vosso protector pela vida fora. Guardem-no bem no vosso pescoço, bem juntinho ao coração.

4.

(Fotografia cedida ao autor)

Depois de uma noite de sono pesado, Joana levantou-se, arranjou-se sem grandes requintes e iniciou a rotina diária. Passou pelo café da esquina onde tomava a bica do costume. E enquanto saboreava o café, passava os olhos pelo jornal, *O Diário Popular,* que o dono disponibilizava aos clientes.

Um capa de notícias profusas e diversas. Portugal vivia um período pós-revolução entre governos provisórios, manifestações, greves, plenários, reuniões, trabalhadores a exigirem melhores salários, mais tempo de férias, reivindicação de direitos durante décadas cerceados por um Estado totalitário e que mantinha Portugal na retaguarda do mundo.

Chamou-lhe a atenção uma notícia sobre o Ultramar. «Portugueses em Angola querem regressar à metrópole.» Não percebia por que razão alguém que estava fora queria regressar. Ela que tanto ambicionava viajar. Mas associou de imediato a notícia à conversa que tinha tido na véspera com a amiga Carla, a propósito do reforço de ligações com as colónias ultramarinas.

Chegou ao escritório, disse um «bom-dia» geral e ainda sem tirar a carteira do ombro deu conta de um bilhete mesmo no centro da sua secretária que o patrono lhe tinha deixado.

«Cara colega, nesta curta profissão que ainda agora começou vai conhecer muitos dissabores como os de ontem. A lei é, em muitos casos, omissa e tem muitas lacunas que não raras vezes, ou até muitas, permitem "salvar" alguns monstros da nossa sociedade. E há princípios legais que são inultrapassáveis. Senti que ontem ficou profundamente abalada. Ficamos todos. Ontem ainda, aquele homem miserável foi festejar para uma "tasca" a decisão do juiz. Quando chegou a casa, embriagado, ainda espancou a mulher. Foi o único prémio que lhe conseguiu atribuir pelo silêncio dela. Na sua vida vai encontrar muitos casos como este.»

Joana quase desmaiou. Hesitava ela própria nos seus sentimentos. Não percebia se tinha ficado mais chocada com o facto de o homem ter voltado a espancar a mulher com as filhas a ver, ou se estava mais perturbada com a crueldade do bilhete que o patrono lhe deixara.

Imaginava Ana e Catarina, aterrorizadas com a porta do quarto fechada a ouvirem os gemidos da mãe submetida à violência de um homem alcoolizado. Não perdoava ao juiz a sentença que absolvia aquele homem, mas agora era a dureza explícita do bilhete que a deixava profundamente alterada e com uma convicção que era firme: ia tentar, a todo o custo, mudar de vida. Tinha a certeza de que não servia para aquilo.

Respirou fundo, encostou-se na cadeira e ainda sem tirar a carteira do ombro foi à gaveta buscar a lista telefónica. Com o dedo indicador percorreu a lista até encontrar os serviços gerais da TAP. Anotou o número, pegou no telefone e ligou. Falou baixinho para ninguém perceber a conversa:

– Precisava de uma informação. Estão a fazer alguma selecção para entrada de novas hospedeiras?

Do outro lado disseram-lhe que sim mas que tinha de se dirigir aos serviços da TAP no aeroporto da Portela e preencher um formulário de pré-selecção. Mas tinha de ser nesse dia, pois o prazo terminava às cinco da tarde.

Levantou-se de repente, passou pelos colegas, pediu para avisarem o patrono de que ia sair e voltava ao fim da manhã ou ao início da tarde.

Já na rua, fez sinal a um táxi. Indicou ao taxista a morada e refastelou-se. Aquele carro convidava a alguma reflexão. Por sorte, o motorista daquele *Mercedes 180D* preto de tecto verde, ia entretido com a música de José Mário Branco, que a rádio lhe dava, e não era de grandes conversas. Calhou bem. Joana queria tudo menos conversar e aproveitava aquela curta bandeirada para pensar na sua vida.

Os seus pensamentos foram interrompidos pelo taxista:

– Menina, chegámos. São três escudos e cinquenta centavos – disse-lhe com cara de poucos amigos.

Joana tirou o dinheiro da carteira, pagou e nem um bom-dia disse. Estava tão abalada e tão ensimesmada que nem reparou que também ela tinha sido pouco simpática.

Fechou a porta com alguma força, o que irritou o taxista, mas nem disso se apercebeu. Dirigiu-se rapidamente ao balcão onde lhe indicaram o gabinete da directora do serviço. Disse ao que ia, que já tinha telefonado, e a directora pediu-lhe para preencher o formulário e, enquanto ela o fazia, foram falando. Joana aproveitava para tirar dúvidas sobre alguns pontos que eram solicitados.

Quando entregou o formulário a directora olhou para o nome completo e estranhou. Joana perguntou se estava alguma coisa mal preenchida, mas não era isso. A directora tinha ideia de já ter ouvido o nome dela.

– Dê-me só um minuto. – Saiu do gabinete, foi à sala dos serviços administrativos e veio de lá com um papel.

– Eu tinha razão. O seu nome já aqui estava. Foi-me dado ontem pela Carla Vasconcelos, uma nossa funcionária hospedeira que me ligou a dar o seu nome para constar desta pré-selecção.

Joana esboçava o primeiro sorriso das últimas vinte e quatro horas. As coisas não tinham corrido bem, mas sentia ali algo que a estimulava muito: o verdadeiro significado da palavra amizade. E sentia, como diz a canção de Sérgio Godinho, que aquele podia ser o primeiro dia do resto da sua vida.

Ainda teve coragem para perguntar à directora se achava que tinha alguma hipótese de vir a ser admitida.

– Não é para ser amável consigo, mas com estes dados, com este *curriculum* e com a sua aparência, por mim era admitida. Você tem «pinta».

Novo largo sorriso de Joana. Já tinha ouvido aquela expressão: «tem pinta». E tinha mesmo. No seu metro e oitenta de altura, cabelos loiros, ora apanhados, como perfeita executiva, o que lhe conferia um certo estatuto, ora soltos, o que lhe dava um toque feminino poderoso, olhos esverdeados que às vezes pareciam azuis, quando confrontados com a paisagem que o mar nos oferecia, Joana, pode dizer-se, detinha todos os requisitos para ser admitida.

Dispunha ainda de uma vantagem decisiva nesse tempo: não era casada, não tinha filhos e, naquele momento, nem sequer namorado. João já não fazia parte do mundo dela. No último ano do curso, Joana não desperdiçou a oportunidade de gozar por inteiro a vida académica. Gastava muitas horas a estudar, mas dedicava as que sobravam à farra e às noitadas após os exames e à queima-das-fitas. Aquela vida não voltaria mais e aqueles momentos faziam parte do percurso de um estudante.

Esta fase da vida de que Joana não abdicou colidiu de frente com a personalidade de João. Os ciúmes minaram a relação. Joana não aguentou a quebra de confiança e as coisas ficaram por ali.

Um mês depois, em meados de Junho, após ter sido admitida como hospedeira, Joana estava à mesa do restaurante O Martinho da Arcada no Terreiro do Paço num jantar de despedida promovido pelos colegas de escritório.

Não tinha sido difícil passar nos testes da TAP. A sua formação académica aliada ao facto de dominar o inglês e o francês, para além do alemão, que aprendeu num instituto, ao fim da tarde, enquanto cursava Direito, facilitou-lhe a entrada na transportadora nacional.

No jantar, o patrono fez o discurso de despedida. E não se esqueceu das palavras que lhe tinha deixado naquele bilhete em cima da secretária:

«Cara colega, na vida vai sofrer muitos dissabores. Mas a sofrer que seja com algo que a faça lutar para reverter a seu favor.

Tenho a certeza de que na sua nova profissão, com o gosto que lhe vejo na expressão, vai conseguir saltar por cima de todos os obstáculos que lhe aparecerem. E quando não conseguir, sei que terá carácter para começar de novo.»

Joana não conseguiu ir além dos agradecimentos gerais e confirmou que estava a cumprir um sonho de menina.

A 1 de Julho desse ano de 1974, com apenas vinte e dois anos, apresentou-se no aeroporto, na porta de embarque do voo com destino aos Açores. Começava pelos voos de médio-curso. Os novos colegas de profissão não quiseram deixar passar a oportunidade de lhe dar as boas-vindas. A amiga Carla estava na fila da frente com um ramo de flores a «amadrinhar» a estreia da eterna companheira e confidente. Entre o sector masculino, todos comandantes de voo, a euforia era grande. Como se diz na gíria, Joana era um autêntico avião.

O caso não era para menos. Aquele corpo e aquela cara pareciam feitos à medida da indumentária que as hospedeiras usavam: saia, blusa e casaco verdes, com um lenço vermelho ao pescoço. Traje desenhado pelo maior estilista francês da época, Louis Ferraud, que vestia nomes como Grace Kelly, Elizabeth Taylor, Brigitte Bardot e outras. Joana não ficaria atrás desse lote de estrelas vestida com aquela farda.

No café do Bairro dos Olivais, o pai Teixeira juntava os amigos do costume para comemorar o novo emprego da filha. Joana apresentou a sua decisão como um facto consumado e o pai percebeu que de nada valia barafustar. O que era importante era que a filha fosse feliz. Para além do mais, naquela época ser hospedeira era uma profissão de prestígio, valorizada como classe profissional desejada e de difícil acesso. Quando, naquela manhã, viu a sombra daquela máquina voadora cobrir o bairro, orgulhoso disse para todos ouvirem:

– Vai ali a minha filha.

Podia até nem ser naquele avião, mas que importava isso. Pediu «minis» para todos, fez um brinde à filha e a ele que se sentia agora plenamente realizado. O filho estava encarreirado e já era «gente» na CP. A filha trabalhava na empresa portuguesa com maior prestígio além fronteiras: era hospedeira da TAP. Teixeira prometia agora dedicar-se por inteiro à mulher e gozar a plenitude da terceira idade.

No domingo seguinte, num almoço com a família toda reunida à mesa, não se coibiu de ouvir em tom irónico, mas no meio de algumas gargalhadas, a dona Esmeralda dizer-lhe:

– A partir de agora vou começar eu a passear e tu ficas em casa a fazer croché. O fascismo já acabou.

5.

(Arquivo particular de António Barbosa)

O telefone tocou. Dona Esmeralda, não estava à espera, não era costume o aparelho dar muitas vezes sinal de vida, ainda para mais àquela hora da manhã. Estranhou, mas apressou-se a atender para não deixar que a campainha do aparelho acordasse a sua rica filha que ainda estava a dormir. Do outro lado uma voz preocupada pediu-lhe urgência em falar com Joana. Ainda tentou dizer que ela estava no seu primeiro sono depois de um dia fatigante de viagens, mas quase nem teve tempo. Garantiram--lhe que era realmente urgente, que tinha de a chamar.

Ainda ensonada, Joana atendeu e disse um «bom-dia» com algum azedume. Mas, o que ouviu do outro lado teve o efeito de logo a despertar: a companhia estava a requisitar a presença de todos os funcionários. Apresentação obrigatória às dez horas da manhã no aeroporto, farda de serviço vestida, mala pronta e com material necessário para vários dias porque não havia data para regresso.

O dever chamava-a. Joana nem teve tempo de perguntar qual era o seu destino, nem o porquê de tanta urgência. Arranjou-se apressadamente, vestiu com orgulho e elegância a sua farda im-pecavelmente engomada, pintou-se e pôs o seu melhor sorriso. Sabia que ela, tal como as suas colegas hospedeiras, era a pri-meira imagem de Portugal além-fronteira, logo devia irradiar sim-patia, confiança e profissionalismo.

Às onze da manhã, Joana estava no aeroporto da Portela, na porta de embarque, juntamente com os restantes membros da tripulação. Um *Jumbo* estacionado na pista esperava-a. Destino: Luanda, em Angola.

Joana era chamada para colaborar na ponte aérea entre a colónia portuguesa e Lisboa, que tinha começado em finais de Julho de 1975 e que entrava na sua fase mais difícil: restavam poucos dias até à independência de Angola anunciada para 11 de Novembro desse ano de 1975 e o clima era de grande tensão.

Joana tinha uma missão clara: resgatar de um país às portas de uma guerra sangrenta, os milhares de portugueses que para ali tinham ido em busca de uma vida melhor e que agora queriam fugir aos dias de terror que se aproximavam.

Era a primeira vez que fazia uma viagem de longo-curso. E que estreia! Uma viagem para Angola. Ainda olhou para os lados a ver onde estavam os passageiros daquele voo, mas quando os oito membros da tripulação embarcaram, o comandante Afonso Rosa reuniu-os e explicou-lhes a situação:

– A nossa missão é encher o avião de portugueses que esperam há dias, no aeroporto, transporte para voltarem para Portugal. Não é uma viagem de turismo, é quase uma missão de salvamento.

– E não levamos ninguém? – perguntou uma colega de Joana.

– Ninguém quer ir para Angola – disse o comandante com o olhar pesado.

– E o que fazemos na viagem para lá? – perguntou Joana.

– Aproveitem para descansar que o voo de regresso vai ser uma experiência trabalhosa e principalmente dolorosa. Vamos todos ter de fazer de tudo um pouco – concluiu o comandante que recolheu ao *cockpit* para iniciar a viagem.

O avião era um fantasma do ar. Vazio. O piloto, o co-piloto, o mecânico de voo e o navegador formavam a tripulação que se completava com mais seis hospedeiras, agora denominadas assistentes de bordo, epíteto bem mais simpático, de resto uma das conquistas conseguidas por esta classe após a revolução de Abril. Dez pessoas ao todo num avião com 380 lugares disponíveis.

As hospedeiras seguiram as instruções do comandante e aproveitaram para descansar já que não havia refeições para distribuir, nem crianças a quem dar cobertores. Era o silêncio.

Joana pensava nas palavras do comandante. O que queria ele dizer com o fazer de tudo um pouco? Porque é que a viagem de regresso iria ser dolorosa? Trabalhosas todas eram, mas dolorosas...

Pela primeira vez, Joana pensou se tinha feito bem em deixar a sua promissora carreira de advogada para fazer testes na TAP e vir a ser uma hospedeira. Estava ali, naquele avião, à beira de entrar num cenário de guerra.

– Já fizeste esta viagem no último ano? – perguntou Joana a Alice, uma colega hospedeira e uns anos mais velha.

– Já. Não te preocupes. Acaba por ser um trabalho estimulante que nos tira da rotina do dia-a-dia.

– Que quis dizer o comandante quando falou numa missão dolorosa?

– Tem a ver com o sofrimento das pessoas. Vais perceber quando as vires embarcar. Não te esqueças de que estão a deixar tudo para trás. A casa, os amigos, uma vida inteira. A maior parte vem só com a roupa que traz vestida.

– E o que é que se diz a essa gente?

– O que tu sentires no momento. É daquelas coisas que não vêm nos manuais, nem dá para preparar. São tantas as histórias e experiências de vida que só o teu instinto, no momento, permite dar respostas. Mas não te preocupes. Em termos pessoais vais sair mais forte e mais rica desta experiência. Há um ano que ando a fazer esta ponte aérea. Já contabilizei vinte e duas viagens. Em todas elas vivi uma nova experiência e aprendi muito. Quando chegarmos ao aeroporto vais perceber melhor o que te quero dizer. Leva este espírito contigo. Vais ter de abrir a tua alma a esta gente. Da última vez que estive em Luanda fui com o comandante Pires.

– Também já voei com ele, para Londres, acho eu – disse Joana –, e numa das viagens contou-me que tinha nascido em Benguela.

– Pois nasceu. Agora imagina o que é ir à própria terra natal buscar conterrâneos que regressam nesta situação. Dessa vez,

49

transportamos mais de 400 pessoas de Nova Lisboa, no 747, acabado de ser adquirido pela TAP. As pessoas estavam desesperadas. Só queriam entrar no avião. Não tinham nada. Só queriam partir dali. Algumas até nos ofereceram o carro, com a chave e os papéis em troca de as metermos no avião.

– Mas ofereceram como? – questionou espantada Joana.

– Tinham os carros estacionados nos aeroportos e se conseguíssemos trazer os veículos para o Continente eram nossos. Metemos todos os que pudemos no avião, até no porão.

– No porão? Mas isso é proibido pelas regras de segurança, para além de ser um local gelado – disse Joana.

– Vais ver que nestas situações temos de fechar os olhos. Agora tenta descansar. Vais precisar de todas as forças que tiveres.

Joana bem tentou dormir, mas quase não conseguiu. Ia bebendo chá e comendo umas bolachas para «queimar» o tempo de viagem. Olhava com espanto para a forma serena como as companheiras, mais experientes, dormiam profundamente.

6.

(Fotografia cedida ao autor)

Joana estava a par do que se passava. Há um ano que a TAP tinha aumentado os voos para Angola. Nesse Verão de 1974, trinta mil portugueses residentes nessa colónia abandonaram-na. No Verão de 1975 mais duzentos mil saíram de Angola e agora, a meio do mês de Outubro ainda era necessário retirar cerca de oitenta mil pessoas. O pessoal de longo-curso andava fatigado, a TAP estava a esgotar as suas capacidades e agora era hora de mobilizar toda a gente para um último esforço com previsão para acabar até dia 11 de Novembro, quando fosse declarada a data de independência de Angola.

A instabilidade que se vivia nas colónias ultramarinas no pós--25 de Abril, com os grupos de libertação a voltarem à guerrilha armada, lutando pela independência, ganhava contornos mais alarmantes. O governo de Lisboa tinha baixado as armas, a confusão política que se vivia em Portugal não deixava grande discernimento para a resolução do problema das ex-colónias.

Os milhares de militares portugueses que desde 1961 começaram a ser mobilizados para combater o terrorismo em Angola, regozijavam-se agora com o fim do Estado Novo e o fim da guerra no Ultramar. Queriam regressar depressa e em força, da mesma maneira que o regime de Salazar os tinha mandado para lá.

O General Spínola, presidente da República, tentou o consenso, defendeu uma federação de estados em Angola num plano alargado aos grupos de libertação e a Portugal. Mas outros líderes na voragem dos acontecimentos que se estavam a viver depois de uma revolução feita com cravos e sem armas, defendiam a independência total e o fim da tutela portuguesa sobre os povos africanos, que era considerada opressora. Não abdicavam do fim imediato do drama de milhares de militares e familiares que durante mais de uma década tinham sofrido com uma guerra que custara muitas vidas.

Mário Soares, líder do PS e já ministro dos Negócios Estrangeiros, e Álvaro Cunhal, líder do PCP, ambos regressados do exílio logo após o 25 de Abril, eram a voz da revolta contra a guerra no, Ultramar e serviam de bandeira para os movimentos africanos. MPLA, UNITA e FNLA, que defendiam uma independência firme e total sem ainda se terem entendido quanto aos contornos do processo de passagem de testemunho.

No terreno e nomeado para alto-comissário em Angola, Rosa Coutinho, defendia também a independência total de Angola. Talvez por isso estes três nomes ficaram indelevelmente ligados a uma descolonização considerada, por muitos, desastrosa. E sem perdão durante muitos anos para os muitos milhares de pessoas que tiveram de abandonar África à pressa e foram despojadas da vida que tinham construído.

Cada um dos movimentos de libertação procurava marcar o seu território o que levou a constantes conflitos armados e a violentos ataques a tropas portuguesas. Perante este cenário de guerra, a população portuguesa sentia-se entrincheirada e o estado de pânico generalizou-se. O regresso a Portugal era inevitável e tinha de ser feito a todo o momento e de qualquer maneira.

Os homens começaram então a mandar as mulheres e os filhos para a metrópole. Eles ficavam por lá a ver no que dava, com duas possibilidades: a estabilidade regressar e com ela os familiares voltarem a Angola, ou abandonarem de vez o país e salvarem todos os bens materiais e afectivos que tinham construído por terras africanas.

Estava hipotecado um processo de independência que satisfizesse todas as partes: os grupos de libertação, o governo português e os cidadãos residentes em África. Mas sobretudo estava definitivamente contaminado o futuro de Angola e do seu povo.

O regresso a Lisboa de quase meio milhão de portugueses, feito de forma precipitada, era bem a imagem daquilo que foi o processo de descolonização: confuso e desastrado. Regressaram apenas com o que tinham vestido, deixaram tudo para trás. Como Portugal, que após cinco séculos de presença em terras africanas, a única coisa que conseguiu trazer de verdadeiramente útil foi jogadores de futebol.

Mas se Joana estava a par do que se passava, a atitude que tinha perante o problema era a mesma que se vivia em Portugal: indiferença. O país estava mergulhado em problemas infinitos acumulados por um atraso económico e social resultante de uma política totalitária e já sem grande sentido na Europa.

A questão do Ultramar era, por isso, algo que devia ser resolvido nas colónias. Ninguém se tinha apercebido da verdadeira dimensão que iria provocar a debandada de quase meio milhão de pessoas, oriundas das ex-colónias.

Joana também só deu conta da verdadeira dimensão do problema quando chegou ao aeroporto de Luanda. As ordens eram chegar, reabastecer de combustível, encher o avião de gente e regressar a Lisboa.

Não podia ser de outra maneira.

Joana preparou-se psicologicamente para o que aí vinha. Sabia que não ia ser fácil, mas não sonhou que tudo o que imaginara era pouco para o que realmente iria presenciar.

7.

(Fotografia cedida ao autor)

O comandante do avião era um homem experiente naquelas andanças. Afonso Rosa já tinha vivido uma situação semelhante, quando em 1961 foi obrigado a sair da Índia, para onde foi trabalhar numa companhia de aviação comercial, depois de sair da Força Aérea.

Por entre combates intensos que se travavam no terreno com a União Indiana em constante progressão sobre as tropas portugueses, lá conseguiu pôr o avião no ar ao som de estridentes tiros e violentas explosões. Regressava a Portugal com milhares de compatriotas.

Foi talvez a primeira ponte aérea que o governo do Estado Novo foi obrigado a efectuar perante uma derrota clara em território longínquo da Índia. A determinação de António de Oliveira Salazar sobre a tutela de Goa, Damão e Diu de nada valeu. O chefe do Governo chegou a dizer: «Apenas pode haver soldados e marinheiros vitoriosos ou mortos.» Estava sozinho nesta guerra colonial na Índia, como esteve sempre na guerra ultramarina. Das Assembleias das Nações Unidas nunca vinham boas notícias e assiduamente a política colonial portuguesa era criticada e intimada a mudar de rumo.

No dia 17 de Dezembro de 1961, a União Indiana iniciou a operação militar que levou à ocupação de Goa, Damão e Diu. Dois dias depois é apresentada a rendição das tropas portuguesas ao comando indiano. A primeira «costela» do império colonial português tinha fracturado e agora, Salazar voltava todas as atenções para quatro colónias africanas: Angola, Moçambique, Guiné e Cabo Verde.

O comandante Afonso, tal como todos os portugueses, foi então obrigado a sair da Índia com a roupa que tinha no corpo. Não houve tempo para trazer mais nada.

Durante muitos anos voou para Angola. Era um dos sítios para onde mais gostava de voar. Aproveitava os dias de folga a que tinha direito quando chegava a Luanda para «zarpar» para o Mussulo e ali ficar: uma praia paradisíaca, rodeada de coqueiros, uma areia fina e branca, cerveja e marisco em abundância à mão, a toda a hora e a qualquer momento. Nasciam do mar em quantidades astronómicas. Lazer, desporto, boa comida bem regada com cerveja sempre fresquinha. Era um «poiso» ideal para quem poucos dias depois tinha de voltar ao comando de um avião e sobrevoar mares e oceanos rumo a outros destinos do mundo.

Não havia tripulação da TAP que não quisesse voar para África: principalmente para Luanda, com o Mussulo no horizonte, ou Lourenço Marques, em Moçambique, para dias inesquecíveis no mítico Hotel Polana. Voar era tudo quanto desejavam. Mas se ao voo juntassem dias intensos com os prazeres da vida, tanto melhor.

Apesar da situação que se vivia em Angola, era com o mesmo entusiasmo que agora faziam estas viagens de resgate. A qualquer hora do dia ou da noite eram acordados pelos serviços administrativos da TAP:

– É preciso ires para Angola. Podes ir, queres ir?

Todos queriam. Fazer horas de voo e partilhar uma experiência que naquele tempo era inédita e que provocava um aumento significativo da adrenalina.

– Vais para Luanda? Cuidado não entres pelo musseque que levas com uma bala – disse-lhe o também experiente comandante Pires com quem se cruzou naquele dia, no aeroporto da Portela.

Nesse mês de Outubro de 1975, os dias de descontracção em Luanda já há muito faziam parte do passado. Agora o objectivo era ir buscar gente, portugueses, alguns deles amigos, que tinham conhecido em tantas viagens e estadias em Angola.

8.

(Fotografia cedida ao autor)

O comandante ia com muita vontade de voltar a Angola. Mesmo sabendo que desta vez não levava na bagagem de mão, uma mala preta de couro, o habitual fato de banho e o bronzeador. Mas a vontade de aterrar em Luanda e sentir-se o herói de tanta gente que suplicava por ajuda, como um náufrago no meio do mar, dominava-o.

Eram quatro e meia da manhã quando se começou a fazer à pista por terra, tendo na mira a pista do aeroporto e pela rota certa com ventos de frente, mas por cima do musseque. Não tardou a confirmar os avisos dos colegas à saída de Lisboa. Balas tracejantes iluminaram a noite.

– Alto que isto é para nós – comentou Afonso Rosa com o co-piloto.

Nada que assustasse o comandante, experiente nestas andanças. Eram balas de boas-vindas pouco amigáveis e que confirmavam também a confusão perigosa que já se vivia na capital de Angola.

Joana acordou sobressalta para ver o que se passava. Olhou pela janela e viu que já estavam próximos do aeroporto. Tirou o cinto e foi até ao *cockpit* ver o que se passava.

– Não se preocupe Joana são tiros vindos do musseque.

– Mas porque disparam contra nós? – perguntou Joana, incrédula.

– Porque somos portugueses... Vá sentar-se e ponha o cinto, vou dar a volta, mas a aterragem não vai ser mansa.

Joana obedeceu, foi para junto dos seus colegas, colocou o cinto e começou a rezar baixinho e de olhos fechados.

Ainda que mais experientes, sentia agora que as colegas também estavam assustadas. Já sabiam que não era uma novidade, um avião nacional ser recebido com balas perdidas, mas dava sempre para sentir um aperto no coração. A imprevisibilidade do momento não se compadecia com atitudes descontraídas de quem tem muitos anos de experiência.

Joana evitava olhar pela janela. A escuridão do exterior era iluminada pelo percurso das balas tracejantes. Não se tratava propriamente de uma recepção com fogo-de-artifício.

Começava ali a perceber com maior nitidez porque é que tantos portugueses estavam a sair do país e sentia já que não ia ser uma missão nada fácil.

O comandante levou o avião de novo em direcção ao mar. Uma volta mais alongada para não «incomodar» quem, no musseque, de arma em punho se mantinha alerta. A guerra estava instalada, vigorava o recolher obrigatório e pelos vistos nem lá em cima se podia andar. Os disparos de armas relembravam a tripulação que tinha chegado a um país em guerra e tudo o que fosse sinal do país colonialista não era bem acolhido.

Havia alternativa para fazer o avião à pista. Entrar pelo mar, sobrevoar a ilha de Luanda e fazer pouca terra até chegar à pista. As luzes do avião eram apagadas, bem como as da cabina. A aterragem era feita completamente às escuras para manter a segurança. Eram normas obrigatórias.

Já em cima da pista restava deixar cair o avião e bater com algum estrondo no alcatrão. Foi sempre assim durante todos aqueles meses: tanto fazia ser com um 747 como com um 737.

Mal o avião estacionou na placa, já era possível vislumbrar do *cockpit* um cenário difícil de descrever. Milhares de pessoas amontoadas no aeroporto, à espera da sua vez para entrarem para um qualquer avião que chegasse.

Os agora novos «senhores» daquele espaço dificultavam como podiam a vida das pessoas. Tinham ordens para «desimpedir» o aeroporto de gente e por isso só facilitavam mesmo a saída para a pista. A entrada não era acessível a todos.

Afonso Rosa respirou fundo, abandonou o *cockpit* e deu instruções à tripulação. Sabia que tinham uma tarefa árdua pela frente. Não seria fácil enfrentar aquela multidão de gente desesperada que fazia tudo por um lugar naquele avião.

– Joana, leve três colegas seus e vá até à gare ver o que se passa e como se está a proceder à selecção de passageiros – disse enquanto vestia o casaco da sua farda.

– Sim, senhor comandante – respondeu Joana, perguntando de seguida: – O senhor vem connosco?

– Não. Eu tenho uma missão a cumprir. Mas não se preocupe que volto rapidamente.

9.

(Fotografia cedida ao autor)

Quando Joana desembarcou com o único objectivo de ajudar a meter gente no avião, sofreu o primeiro embate: uma temperatura a rondar os 33 graus, uma humidade que sufocava. Estava definitivamente em África.

Ao chegar ao terminal, não queria acreditar no cenário que se lhe deparava. Milhares de pessoas enchiam o aeroporto. Homens, mulheres, crianças, idosos, brancos e negros, ocupavam toda a área de metros quadrados disponível, e ainda os balcões, as escadas; todos os ínfimos lugares onde existisse um pouco de espaço.

Aquele cenário era dantesco. Não conseguia perceber como iria ser possível levar tanta gente para Lisboa. Ficou, por instantes, pregada ao chão. Quase sem acção. Não sabia por onde começar. Mas não havia tempo a perder. A maior parte daquelas pessoas há já alguns dias que se amontoava no aeroporto à espera de embarque. Ali dormia, ali comia, ali passava os dias junto dos seus poucos haveres.

Vinham de todas as partes de Angola, a maior parte de Nova Lisboa onde estava organizado outro ponto de evacuação. Quem era do Sul e do interior do país, voava para o Huambo e daí para Luanda onde aguardava avião para Lisboa. Muitos outros milhares fugiram de carro para a África do Sul. Em filas intermináveis de carros, com as famílias, atravessavam com perigo Angola em direcção ao sul, onde ainda era possível alguma tranquilidade que lhes permitia cruzar a fronteira.

Joana esteve duas horas no terminal do aeroporto à espera que o avião fizesse a devida manutenção e o respectivo abastecimento. O tempo suficiente para do alto da sala com vista para a gare, para onde tinha sido reencaminhada a tripulação, perceber que estava perante uma situação de risco.

Curiosamente ao olhar para muitas daquelas mulheres com as crianças ao colo ou pela mão lembrou-se de Idália, a vizinha do tio que visitara em Vila Real e que tinha perdido o marido vitimado pela guerra do Ultramar. Guardou essa imagem para sempre e agora revia-a ali mesmo no aeroporto em cada cara sofrida de cada mulher. Não tinham perdido os maridos, mas perdiam uma vida.

Percorria, quase rosto a rosto, todas as pessoas que viviam há dias naquela imensa gare. Tentava perceber as suas histórias e adivinhar como ia ser o voo de regresso.

Sem querer, fixou o olhar numa família perdida no meio de tanta gente. Os filhos dormitavam alheios àquela confusão. A mãe estava sentada, rosto descaído, olheiras acentuadas e tinha pouca força para segurar nos braços o filho mais pequeno enquanto o seu ombro servia de almofada ao filho mais velho que não resistira ao cansaço. O pai, encostado a uma parede, de pé, tentando manter a firmeza e a dignidade, dividia o olhar entre a porta de saída para a pista e os filhos que dormiam no conforto do corpo da mãe.

Foram apenas uns segundos que pareceram uma eternidade. Ele, de olhar profundo, fixou Joana. Esperava talvez dela um chamamento que os fizesse seguir naquele avião. Estudaram-se mutuamente, mas Joana logo desviou os olhos. Sentiu-se comprometida, perdida naquele rosto, naquele olhar. Aquele homem, ainda jovem, com uma família para proteger, tinha-lhe chamado a atenção. O seu olhar era intenso e, apesar de deixar transparecer um coração demasiado amargurado, transmitia ao mesmo tempo calma e serenidade.

Quando voltou a olhar para a multidão que enchia a gare, já não conseguiu encontrá-lo. Na porta de acesso à pista engalfinhavam-se muitas centenas de pessoas, sabendo que dali a duas horas as portas de um avião iam ser abertas. Joana já sentia em algumas destas pessoas, sobretudo nas que melhor estavam colocadas para se encaminharem em primeiro lugar para o avião, uma sensação de alívio interminável.

10.

(AFL-CPF/MC/SEC/Negativos de 1970-1977, envelope «Desalojados de Angola», fotografia n.º 31)

Para além de pilotar o avião, o comandante Afonso tinha uma missão a cumprir nesse dia. Raul, um amigo dos muitos que «somou» nas deslocações que ao longo de catorze anos fizera a Angola, pedira-lhe para transportar a mulher de regresso a Portugal. Ele e os filhos tinham vindo à metrópole de férias. Aproveitavam a ocasião para visitar familiares na Covilhã de onde Raul era natural para depois regressar a Luanda.

Sem confidenciar nada à mulher, Raul viera já com uma ideia feita: em função do desenvolvimento dos acontecimentos em Luanda, o objectivo era deixar os dois filhos já em Portugal, a estudarem e alojados em casa do irmão mais velho que nunca se aventurara para fora de pé, regressar apenas ele para junto da mulher e esperar que melhores dias permitissem o reencontro de toda a família em Angola. A mulher, Irene, enfermeira no Hospital Militar de Luanda não podia fazer férias e por isso não foi a Portugal. Ficou em Luanda a trabalhar, mantendo sempre firme as suas convicções.

– De Luanda não saio.

Assim, o marido nem se atreveu a perguntar-lhe se não achava melhor que os filhos ficassem na metrópole enquanto a instabilidade se mantivesse e o futuro não fosse uma certeza. Sabia, à partida, a resposta que levaria em troco e, sendo assim, o melhor era mesmo dizer que iam de férias e voltavam.

Ainda a desafiou várias vezes a ir também, a meter uma «cunha» que a fizesse antecipar as férias e gozar três semanas em Faro, mas Irene mostrava-se inflexível. Ficava em Luanda, tinha muito trabalho no hospital militar onde as enfermeiras e os médicos já eram poucos, pois grande parte já tinha partido.

A verdade é que o marido e os filhos já não tiveram autorização para regressar a Angola. A situação no país estava descontrolada e todos os voos rumo a África eram feitos apenas por aviões militares ou por aviões civis apenas com a tripulação e seus passageiros para trazerem o maior número de pessoas.

Irene estava sozinha em Luanda, dividida entre o hospital militar e a casa no bairro de Alvalade, onde teimosamente permanecia contando apenas com o casal de empregados que há anos lhes dava apoio. As suas noites já eram mal dormidas. Ouviam-se tiros ao longe, oriundos dos bairros onde se concentravam os militares dos movimentos de libertação. Algumas casas e alguns edifícios públicos já tinham sido ocupados por muitos dos angolanos que tinham abandonado o interior do país e que se concentraram na cidade: uns para combater ao lado do MPLA, outros para fugirem de zonas onde o estado de guerra estava realmente declarado.

Apenas as casas cujos proprietários não tinham partido não eram ocupadas. Mas muitos mantinham as suas habitações à conta de alguma cumplicidade declarada ou veladamente assumida com as cores do regime que agora vigorava. As tropas portuguesas já só tentavam manter alguns quartéis onde ainda permaneciam, mas já a contarem os dias para virem embora. A ordem pública já não lhes dizia respeito. Limitavam-se a observar como as milícias e os militares revolucionários iam tomando conta de Luanda. Era assim também em todas as cidades de Angola, do norte ao sul do país.

O comandante saiu pela porta das oficinas do aeroporto de Luanda. Pediu um carro e alguém que o levasse ao bairro de Alvalade. Ia cumprir o pedido do amigo: obrigar a mulher a viajar para Portugal. Acompanhado por três homens de raça negra, foi directo à casa de Irene.

Sentia o perigo nas ruas de Luanda. Não podia haver distracções nem discussões. Havia homens armados, mas muitos brancos também, pois a situação, embora grave, ainda não era de clivagem total como viria a acontecer meses depois. O governo português e os movimentos de libertação discutiam ainda formas de resolver a descolonização e uma transição que não fosse tão violenta. No plano político tentava-se que os três principais movimentos de libertação chegassem a um entendimento que pudesse viabilizar uma independência de Angola em paz, democrática e que garantisse o futuro deste país.

No percurso do aeroporto até ao bairro de Alvalade, Afonso Rosa ia despedindo o olhar de uma terra que ele também tinha adoptado. Era com dor que via o estado em que se encontravam as ruas de Luanda. Desertas de vida e de gente. Apenas metralhadoras e destruição.

Quando tocou à campainha, sabia que ia encontrar uma mulher irredutível. Irene abraçou-se ao comandante num pranto.

– Não quero sair daqui. Eu sou de cá, eles não me vão fazer mal. Tenho aqui as minhas coisas, tenho aqui tudo, tenho aqui a minha vida. Isto vai mudar e eu vou resistir. Só quero o meu marido e os meus filhos de volta. Este é o meu sítio. Não posso abandonar o meu trabalho e os meus doentes. Eu quero ficar.

O comandante estava agora ao leme de uma situação bem mais difícil do que aquela com que todas as semanas tinha de lidar aos comandos de um avião. Como demover Irene? O que fazer para convencê-la a regressar e a fugir do perigo que estava à porta da sua casa.

Num canto da sala, o casal de empregados, Inácio e Eugénia, também não conseguiam segurar as lágrimas. Sentiam que estava perto do fim a relação de tantos anos com aquela família. Por um lado, desejavam que Irene se mantivesse firme nas suas convicções, mas por outro lado pressentiam que ficar, podia ser perigoso. E tinham o coração dividido, sustentado por uma cultura ancestral muito arreigada naqueles tempos que defendia que o lugar da mulher é ao lado do marido e dos filhos.

– Patroa, tem de ir. Os seus filhos e o seu marido precisam de si – disse Inácio num assomo de lucidez perante um momento tão difícil. – A vida aqui está perigosa. Ainda ontem à noite ocuparam as casas do início da rua com tiros para o ar. Já vive lá muita gente, com armas na mão e podem também chegar aqui. Não faça isso – reforçava o empregado com os olhos carregados de água.

– Eu prometo à senhora que fico aqui a tomar conta da sua casa e das suas coisas. Ninguém vai mexer. Quando tudo acalmar, regressa para junto de nós e tudo está direitinho como deixou. Mas agora tem de ir – disse a Eugénia já abraçada a Irene num choro convulsivo.

– O Raul e os miúdos estão à tua espera. Não temos tempo a perder. O avião está completamente cheio e tenho de te meter lá dentro. Tenho mesmo de tirar-te daqui para fora.

– Não sou capaz de sair daqui.

– Eles já não podem vir. Não há autorização nem condições. Estão desesperados com o facto de estares aqui sozinha e com as notícias que todos os dias chegam à Metrópole de mortes, assassinatos e chacinas que são feitas aqui. Não podes ficar. Tenho obrigação de levar-te.

– E o que faço com a minha casa e as minhas coisas?

– O carro está lá fora e os funcionários do aeroporto que me trouxeram não podem ficar mais tempo. Disse-lhes que era ir e vir. Tenho quase 400 pessoas à porta do avião para levar para Lisboa e tu vais comigo.

O comandante Afonso passava agora à fase de intimidação para não perder mais tempo. Sabia que tinha mesmo de a tirar dali rapidamente.

Irene quase desfaleceu. A empregada trouxe-lhe um copo com água e açúcar. Bebeu e pediu apenas para ir ao quarto.

– Vai mas não demores. Nada de malas que não há lugar a não ser para pessoas.

Subiu ao primeiro andar da casa, passou pelos quartos todos, pegou numa sacola que todos os dias a acompanhava e desceu.

– Estou pronta.

Um longo abraço ao casal de empregados de sempre.

– Não chore não, D. Irene. Nós ficamos e a sua casinha também. Quando voltar vai estar ainda mais bonita.

Abanou a cabeça afirmativamente, sabia que eles seriam eternamente fiéis e que lhe cuidariam bem da casa, tentava convencer-se de que voltar era uma obrigação, mas no fundo sabia que se estava a despedir para sempre.

Entrou no carro com os olhos fixos no casal emocionado que no portão acenava com dificuldade um último adeus. Olhou para a casa onde construiu uma vida. O carro seguiu a sua marcha rumo ao aeroporto. Ainda se ouviram tiros ao fundo da rua.

– O que é isto? – perguntou o comandante Afonso aos funcionários que os acompanhavam.

– É alguém que bebeu de mais e está contente – responderam com um sorriso nos lábios.

Para Afonso e também para Irene era apenas a confirmação de uma certeza: era preciso sair dali o quanto antes.

– Tens os teus filhos e o teu marido à tua espera. Anima-te. Amanhã já estarás nos braços deles. Fazes lá umas férias e regressas daqui a pouco tempo, quando tudo isto acalmar. Vai fazer-te bem.

Afonso não encontrava outra forma de animar a amiga que estava inconsolável e de coração despedaçado. Durante o percurso entre o aeroporto e a sua casa tinha percebido que não ia ser possível a Irene voltar. A situação era demasiado evidente. Com homens de armas na mão, a todo o momento sentia-se que o perigo estava à porta e o abismo estava próximo. Mas que mais podia ele dizer naquela hora para convencer a mulher do amigo de que tinha mesmo de sair dali e animá-la.

– A minha vida fica aqui. Deixei tudo. Resta-me mesmo só o meu marido e os meus filhos.

Na casa do bairro de Alvalade deixava os móveis, os livros, as fotografias de momentos inesquecíveis, máquinas, brinquedos dos miúdos, todas as roupas, camas feitas, casa arrumada e no quintal dois carros e as bicicletas. Deixava Inácio e Eugénia, companheiros de sempre, com dois filhotes pequenos e uma casa para cuidar até que os patrões e os filhos voltassem.

Quando chegaram ao aeroporto, entraram de novo pelas oficinas. Afonso gratificou os companheiros daquela breve e heróica viagem e agradeceu-lhes bem o esforço. Irene fez o mesmo. Abraçou-os e ainda teve forças para lhes dizer:

– Cuidem bem deste nosso país.

Mais calma, apercebeu-se então da sorte que lhe tinha tocado. Olhou de soslaio para a pista do aeroporto e viu a confusão que ali estava instalada. Pessoas amontoadas, crianças, mulheres, idosos, que se acantonavam em qualquer lado, uns deitados, outros sentados, no meio de muitas mantas, muitos sacos, muitos mantimentos e pouca higiene.

Afonso teve ainda tempo de passar pela sala onde estava toda a tripulação concentrada e pronta a entrar para o avião que iria ser rebocado da oficina para a placa de embarque.

Irene, enquanto era apresentada a todos os elementos da tripulação, tomou gostosamente um café. Precisava de forças, de algo forte que lhe permitisse suportar o momento da despedida definitiva de Angola. Toda a tripulação fez questão de a confortar com uma ou outra «graçola» que não tivesse nada a ver com o momento. Afonso ainda bebeu uma laranjada fresquinha mas lá foi dizendo que lhe faltava a cerveja, o marisco e o cenário do Mussulo.

Como que fazendo parte da tripulação, Irene entrou para o avião. Um camião agarrado à roda da frente fazia deslizar aquele gigante.

Já instalados, Afonso e o co-piloto Tavares testavam todos os comandos do avião, desde travões a trens-de-aterragem e combustível. Não havia sinais a indicarem qualquer anormalidade.

Pôs os motores a trabalhar para o devido aquecimento enquanto se fazia o embarque dos passageiros.

Antes de abrir as três portas do avião, Afonso levantou-se e em voz alta disse a toda a tripulação:

– Metam a maior quantidade de pessoas que o avião possa suportar. Estamos aqui para ajudar esta gente e levá-la em segurança para Lisboa. Bom trabalho a todos e sejam pacientes.

Voltou a sentar-se no *cockpit* e sentiu o orgulho reconfortante do co-piloto Tavares, mais jovem mas já com alguma experiência, dizer-lhe:

– Assim dá gosto trabalhar.

De repente abriram-se as portas da sala do aeroporto e centenas de pessoas correram para o avião. Desorganizadas, num salve-se quem puder, precipitavam-se para a pista onde estava a aeronave. Acumulavam-se na escada frágil de acesso ao avião e queriam entrar todas ao mesmo tempo. Só queriam entrar, sentirem-se a salvo dentro da aeronave e saberem que dali já ninguém as tiraria. Ainda não estavam em Lisboa mas consideravam que estar dentro do avião já era estar em território lusitano. Para trás ficavam horas de terror e angústia, para trás ficava um país que deixaram de considerar seu.

No *cockpit*, Afonso e Tavares faziam um esforço para perceber como é que a equipa do pessoal de bordo iria resolver aquela situação. Esperavam que todos tivessem muita dedicação ao trabalho, paciência e ponderação.

11.

(Fotografia cedida ao autor)

Mulheres com crianças ao colo e trouxas às costas, homens a arrastar malas e caixas de madeira, carregados com sacos onde guardavam alguns mantimentos, precipitavam-se para o avião. A maior parte subia as escadas e evitava olhar para trás. Era demasiado doloroso ver pela última vez algo que estava definitivamente perdido. Faziam tudo para impedir que a última imagem do que consideravam um paraíso fosse a de um aeroporto a transbordar de raiva e desespero.

A entrada foi precipitada. Quando todos se amontoaram junto às portas do avião, as escadas quase cederam com tanto peso. Pedia-se calma, mas ninguém conseguia conter-se. O lema era entrar, garantir o seu lugar e depois logo se via.

Pelo menos 380 pessoas cabiam sentadas. A ordem dos tripulantes era irem a Angola buscar pessoas e não mobílias ou outros haveres pessoais. As pessoas tentavam a todo o custo meter o máximo de malas dentro do avião, mas o espaço dentro da cabina era limitado.

Quando deu conta, Joana tinha o avião totalmente esgotado. Com gente a mais. Alguém tinha de sair. Correu ao *cockpit* e chamou o comandante.

– É preciso resolver isto. Está gente a mais dentro do avião.

Afonso Rosa abandonou de novo o comando do avião e foi ver o cenário que fazia daquele avião um autêntico autocarro.

Pelo telefone e usando as colunas de som da aeronave, pediu calma e um minuto de atenção a todos os passageiros.

– Amigos, queria a vossa atenção e compreensão. Estamos aqui para vos ajudar e vamos consegui-lo. Pedimos também que colaborem. Vamos tentar sentar toda a gente. Mas não há espaço para todos. Quero que percebam que com peso a mais o avião não pode descolar.

O transporte de carga já tinha sido reduzido ao máximo precisamente para levar mais pessoas. Havia apenas que «centrar» o avião, equilibrando o peso da carga com o peso, bem distribuído, das pessoas.

Na parte traseira do avião, começou a «seriação» dos passageiros. Todos os assistentes de bordo tinham indicações para sentar o maior número de pessoas. O avião dispunha de três lugares para cada lado. Em cada fila iam pelo menos mais duas pessoas. De um lado e do outro, as três cadeiras tinham de dar para cinco pessoas. Quem tinha crianças tinha de as levar ao colo. Bastava acomodarem-se um pouco mais.

Havia um denominador comum a todos os passageiros: sair de Angola, fugir à guerra. Sabe-se como nestas circunstâncias a solidariedade não é palavra que se deite borda fora. Houve consenso dentro do avião. Todos concordaram em fazer uma viagem menos confortável para que ninguém ficasse no desconforto do aeroporto. Era tudo uma questão de levantar voo e de aterrar em Lisboa. Durante a viagem o corredor servia para desentorpecer as pernas e haver revezamento de lugares para descanso intercalado.

De trás para a frente acomodou-se o avião. Mesmo assim sobravam pessoas. Dois homens disponibilizaram-se a ir no quarto de banho. Houve hesitação, mas não faltou sensibilidade. O comandante, de novo chamado a decidir, anuiu afirmando que durante a descolagem e a aterragem tinham de se agarrar onde pudessem. Mais alguns foram autorizados a deitarem-se no corredor agarrados às estruturas.

A Irene e dois amigos da tripulação foram convidados pelo comandante a voarem no *cockpit*. Numa cabina onde cabiam o comandante, o co-piloto e o mecânico do avião sentaram-se mais três pessoas.

Uma experiência única que fez Irene quase esquecer o pesadelo que tinha deixado para trás. No meio de tanta confusão e de tamanha solidariedade e vontade, esqueceu-se por instantes da casa do bairro de Alvalade. Pareceu-lhe até pequena de mais perante tantas e tão grandes angústias que viajavam naquele avião.

Agora sim, não havia possibilidade de deixar entrar mais gente. Joana abeirou-se das escadas de acesso ao avião e desolada teve de comunicar às centenas de pessoas que ainda tentavam a sua sorte que tinham de regressar à gare do aeroporto e esperar pelo próximo voo.

Era mais um momento difícil, absolutamente confrangedor. Do alto do seu metro e oitenta, porte de mulher, Joana manteve na voz um tom terno e suave, forma única de falar com pessoas que tinham de voltar a descer as escadas e a virar-se de novo para terra. Não tinham outra alternativa senão esperar pelo próximo avião, ou se quiserem, porque essa era a expressão mais correcta, pelo próximo autocarro, tal era o ritmo impressionante com que chegavam aviões ao aeroporto de Luanda.

Joana não foi capaz de fechar a porta. Sentiu as forças faltarem-lhe nas pernas, virou costas e pediu à companheira, Cristina, que o fizesse por ela. Era impensável fechar a porta do avião a homens feridos na dignidade e a mulheres chorosas, com filhos demasiado assustados.

Pela janela redonda da porta, Cristina viu como todos ordeiramente e agora sem pressas voltavam para o «inferno».

– Joana, força, agora temos outro trabalho pela frente. Vamos ocupar-nos desta gente que precisa de nós. Voltaremos noutro voo para vir buscar os que restam – disse Cristina.

Joana percebera agora o que queriam dizer quando lhes pediram que ultrapassem largamente as funções que lhes eram destinadas. Tinha um avião carregado de gente desesperada, perdida e sem rumo. De gente cujo único consolo era estar dentro de um avião. Tinham conseguido finalmente escapar de um país pronto a entrar em guerra.

A indiferença que até então demonstrou, relativamente ao problema ultramarino e aos portugueses residentes em África, dava uma volta completa nos seus sentimentos. Como era possível que, em Portugal, pessoas como ela não se apercebessem do que se estava a passar em Angola, a que orgulhosamente muitos chamavam província ultramarina.

Tentava pôr-se no lugar daqueles passageiros, mas não conseguia atingir o grau de desespero e desânimo que estava instalado naquele avião. As mulheres de coração partido explodiam num choro convulsivo, as crianças juntavam-se a elas, enquanto os homens as tentavam consolar. Aos poucos o avião ia caindo num silêncio ainda mais aterrador.

Joana reparou que à sua frente, mesmo na primeira fila estava aquela família que lhe tinha chamado a atenção no aeroporto. A mãe, com o filho mais pequeno nos braços, e o outro encostado ao seu ombro ladeado pelo pai, o mesmo homem com quem tinha cruzado um curto mas intenso olhar, ainda no interior do aeroporto. Ele, Carlos Jorge, esboçou um sorriso. Joana corou, sorriu de volta e deu-lhe as boas-vindas.

Com quinze meses de trabalho árduo como hospedeira, Joana tinha ali o maior desafio da sua curta carreira. Sabia que tinha de ir buscar todas as suas forças e sobretudo o seu carisma, aquele que lhe diziam ter para ser advogada, o daquelas mulheres que quando mordiam não largavam. Agora tinha de pegar naquela gente e não a largar.

Mais do que água ou alimentos, aqueles passageiros precisavam de aconchego e conforto no coração. Durante aquelas nove horas e meia de voo necessitavam de tudo aquilo que não tinham tido nos dias que passaram no aeroporto, onde ficaram privados da sua própria humanidade.

12.

O avião estabilizou nos dez mil pés de altitude e voava já em velocidade cruzeiro. O sinal luminoso a indicar cinto de segurança apertado apagou-se. Mal Joana se levantou, logo um sinal luminoso e sonoro proveniente da fila J mobilizava a atenção das assistentes: era o primeiro indício de dificuldade daquela viagem. Uma senhora desmaiada; não tinha resistido à comoção que se apoderava dela quando sentira que o sonho tinha terminado.

Viajava com um filho de oito anos e a mãe. O marido e o pai não tinham embarcado. Quiseram ficar para tentar salvar os haveres que pudessem de forma a enviá-los para a metrópole. Nem sequer conseguiram despedir-se. Quando foram metidas no avião, ao fim de três dias a «sobreviverem» no aeroporto, tanto o marido como o pai estavam no porto marítimo, como tantos outros portugueses, a carregarem os caixotes que o barco pudesse trazer. A mão-de-obra estava paralisada, os guindastes também, e competia aos portugueses porem a salvo, à mão, tudo o que tinham encaixotado para conseguirem «despachar» para Portugal.

A reanimação estava difícil. Copo de água com açúcar, algumas pancadas na cara, mas Lúcia não dava sinal de vida.

– Um médico. Há algum médico neste avião? – gritou Joana

Carlos Jorge ouviu o apelo, mas deixou-se ficar. Estava sem forças. A mulher com a filha de apenas dez meses ao colo, e o filho, com cinco anos, no banco do meio já deitado sobre as pernas do pai. Estavam exaustos, a dormir um sono profundo.

Carlos Jorge já tinha fechado a cortina sobre África. A mulher fixava os olhos num qualquer horizonte, alheia a tudo e todos. Esboçava apenas um sorriso quando olhava para o bebé que dormia nos seus braços e buscava naquele rosto pequeno a serenidade que ela própria já não tinha e de que tanto precisava naquele momento. Só conseguia mesmo sentir raiva.

– Um médico. Há algum médico neste avião? – gritou de novo Joana.

Carlos Jorge não conseguiu ficar indiferente. Com jeito levantou o filho, passou por cima das pernas da mulher para não acordar o bebé e foi ao encontro da doente inesperada.

Joana suspirou de alívio. Afastou-se para deixar o médico fazer o seu trabalho. Carlos Jorge tinha presença. Voz forte e pausada. Joana notara que desde que se sentara no avião, Carlos Jorge fazia tudo para não perder a capacidade de ter dignidade num momento tão difícil.

O médico sentiu o pulso da senhora, pediu espaço para a colocarem em posição horizontal, desabotoou-lhe a camisa no pescoço e aos poucos foi reanimando-a. Aquele estado de choque assolava quase todas as pessoas daquele avião que iam resistindo como podiam.

Carlos Jorge regressou ao lugar e Joana aproveitou para perguntar à mulher, Ana Maria, se queria que pegasse um pouco no bebé para poder descansar os braços que lhe pareciam demasiado débeis. Ao filho, que dormitava, arranjou uma almofada para lhe permitir uma posição mais confortável.

Joana ficou ali de pé, embalando o bebé ao colo e disse à mulher de Carlos Jorge que podia descansar um pouco que ela tomava conta da menina. Mas nem Ana Maria nem o marido estavam em condições de descansar. O cansaço físico era tanto que ainda não se sentiam com forças para adormecer.

– Há muitos anos que viviam em Luanda? – perguntou Joana.

– A minha mulher desde sempre, eu desde os dezassete meses.

– São ambos médicos?

– Sim, tirámos o curso juntos e trabalhávamos no mesmo hospital.

– Percebo o vosso desânimo, mas vai correr tudo bem, vão ver.

– Não percebe, não. É muito mais que desânimo – foram as primeiras palavras de Ana Maria.

A hospedeira tentou mais uma vez não perder a compostura que lhe era exigida naquele momento. Mais do que o dever da profissão que exercia, era agora o coração que a obrigava a ceder todas as energias de que dispunha e transferi-las para aquele casal e para todos os que viajavam naquele avião. Estavam a salvo daquilo que tinha sido os dias mais difíceis das suas vidas. Mas agora, dentro daquela aeronave voavam para o desconhecido.

A luz da fila F acendeu-se: era preciso água. Uma família inteira ocupava todos os lugares daquela fila. José Carlos, o chefe da família, era um homem de África.

Tonalidade mestiça na pele, conseguiu pôr a salvo toda a família que estava no aeroporto. Foi por pouco que não ficou em terra. Também ele estava no porto marítimo a tentar colocar dentro de um barco todos os haveres que tinha conseguido encaixotar. No aeroporto, a mulher com uma irmã e dois filhos aguardavam, no caos, a sua vez de embarcarem.

Quando soube que estavam para entrar num avião, deixou em terra a metade que lhe faltava despachar no barco, para correr para o aeroporto. Era ajudado na tarefa pelo seu empregado de sempre, o leal Anastácio, homem de raça negra, bem-falante, simpático, com um sorriso largo metido entre aqueles dentes brancos e bem tratados. Um sorriso que já tinha perdido.

A fábrica de tecidos de que José Carlos era proprietário já não tinha ninguém. Ao longo dos últimos meses a maior parte dos funcionários partira para a metrópole, a produção foi parando e agora já nada justificava a sua laboração.

O empregado Anastácio viu todos os amigos partirem, mas agora vivia o seu maior desespero: o patrão e a família iam-se embora. Custou-lhe muito meter acelerador a fundo no *Citroën ID*. Quase nem teve tempo de esperar que a suspensão deste «clássico» subisse para depois voar pelas ruas de Luanda e só parar no aeroporto para conseguir que o patrão se juntasse à mulher, Rosário, à irmã desta, Luz, e aos filhos, de cinco e três anos que já estavam na porta de embarque. José Carlos não os podia deixar ir sozinhos.

Servida a refeição que alguns foram comendo sem grande vontade, só para aconchegar o estômago e sobretudo a alma, aos poucos o avião foi adormecendo. A madrugada atravessava o oceano, a noite já ia longa, e apenas um luar forte deixava ver que lá em baixo o horizonte fazia-se de um mar infindável.

O cansaço começava a levar a melhor sobre os ocupantes. As luzes da cabina foram reduzindo. Joana sabia que aquela não era viagem para descansar, mas para estar alerta. Aproveitou aquele momento para se encostar um pouco à porta da frente dos lavabos e observar um a um os ocupantes daquele voo. Pelo menos aqueles que o seu olhar alcançava nos lugares da frente do avião.

Fazia um esforço para se pôr no lugar de um só dos passageiros e imaginar quanta amargura ali viajava. Chegou mesmo a pensar que aquele avião ia cheio de gente, mas cheio de nada.

– Que horror! – disse para a sua colega Teresa que apesar de ter mais experiência também nunca tinha passado por um momento tão desconfortante.

– Tanta gente e tão pouco. Não sei o que dizer, não sei como falar-lhes, não sei como confortá-los. Ainda bem que vão a dormir. Não consigo imaginar que sonhos podem ter. São tantos e vão cheios de nada. Nunca senti um avião tão vazio.

Carlos Jorge não conseguiu adormecer. A memória dos seus dias em África não lhe permitia sequer pensar em descanso. Os dias de terror ultimamente vividos provocavam-lhe uma tremenda confusão. Uma parte do seu coração gritava por saudades da terra onde crescera e estava em conflito permanente com a outra metade que vivia revoltada e o obrigava a passar uma «esponja» por tudo o que tinham sido aqueles trinta anos intensamente vividos.

Não resistiu, chamou Joana e disse-lhe em tom baixo, porque a família já dormia, mas com uma voz bem timbrada:

94

– Ouvi o que disse à sua colega. Deixe-me dizer-lhe que é isso mesmo que sinto. Vou aqui sentado rumo a uma suposta vida mais segura, mas vou cheio de nada. Percebo a sua angústia, mas não fique tão preocupada por não saber como dar conforto a esta gente toda. Não há nada que numa viagem de pouco mais de nove horas se possa fazer para consolar uma vida de muitos anos deitada fora. As pessoas vão cansadas e cheias de nada. Mas, com esse nada muito vão ter de fazer.

Joana respirou fundo. Sentiu nos olhos castanhos de Carlos uma profunda desilusão. Via-lhe a alma, quase era capaz de chegar-lhe ao coração e sentir que ali não havia espaço sequer para uma réstia de esperança. Não lhe ocorreu dizer mais nada. Ficou presa naquele momento e naqueles olhos marejados de tristeza.

Sentiu que Carlos Jorge estava sem energia e percebeu que não tinha comido nada. Nem sequer tinha aberto a mesa da sua cadeira quando as hospedeiras passaram com o carrinho de transporte de comida. Por isso, só lhe ocorreu perguntar se não tinha fome. Que lhe arranjava um pouco de comida. Pediu-lhe que tentasse pelo menos comer.

– Vai precisar de energias no fim desta viagem para encarar o futuro, para encarar Lisboa. Faça um esforço.

Carlos Jorge cedeu. O estômago começava a dar horas.

– Aceito qualquer coisa.

Joana foi buscar um prato, talheres e serviu um arroz com um pouco de carne assada. Já estava meio-frio.

– A comida já está um pouco fria mas vá comendo que entretanto conseguiremos estrelar um ovo que comerá mais quente.

Não sabia bem porquê, mas abria uma excepção: estrelar um ovo não era um hábito a bordo. E naquele momento era o único alimento quente que conseguia fazer para aquecer o coração de Carlos Jorge.

Quando lhe serviu um ovo num prato mais pequeno à parte, Carlos estava quase a terminar a refeição.

– Deseja mais um pouco?

– Não. Arranje-me apenas um pouco de açúcar, se não se importa.

– Quer já o café, é?

– Não, para já é só um pacote de açúcar.

– Um pacote chega?

– Chega.

Joana não percebeu imediatamente para que era o pacote de açúcar. Mais espantada ficou quando viu Carlos Jorge a rasgar a ponta do pacote e espalhar o açúcar por cima do ovo.

Com um sorriso aberto, disse-lhe baixinho:

– Nunca tinha visto tal coisa. Açúcar por cima do ovo estrelado?

– Faço isto desde miúdo. Quando era criança ia para a casa da família da nossa lavadeira, a D. Filomena. Tenho saudades dela. Viviam num lugar modesto, mas arranjadinho. Os meus pais nem gostavam muito que eu fosse para lá, mas o filho dela era da minha idade e o meu melhor amigo. Tínhamos para aí oito anos. A Filomena dava-nos sempre um café com leite numas chávenas de alumínio e um pão com manteiga. Ela comia ovo com açúcar. Uma vez deu-me a experimentar e aquele sabor docinho da gema do ovo nunca mais me largou. Até hoje. Sempre que peço um ovo estrelado, peço açúcar. É engraçado. Não há ninguém que não reaja como você. Dizem-me sempre que nunca tinham visto. Um dia experimente, vai ver que gosta.

Joana fez uma cara enjoada, franziu a testa e cerrou os olhos. Mas depois assistiu ao único momento em que sentiu que Carlos Jorge tinha, por instantes, conseguido uma pequena ponta de satisfação num coração cheio de nada. Era muito pouco, mas naquele momento era tudo. Deliciada viu Carlos Jorge deglutir o ovo com açúcar. Comia com o mesmo gosto com que devorava caril de frango e pirão preparado no mato, para onde muitas vezes se deslocava para dar assistência aos mais desfavorecidos e a gente que vivia longe das cidades.

A forma segura como Carlos Jorge encaminhou os seus estudos levaram-no a ter sempre uma visão altruísta da vida. Apesar da forma simples, mas facilitada, como viveu toda a sua infância e juventude em Angola, Carlos Jorge manteve sempre um espírito aberto e solidário.

Ser médico tinha sido um sonho concretizado, mas as suas ambições não se confinavam a meras consultas ou cirurgias no hospital. Conhecia bem os arredores de Luanda. Tinha noção da diferença entre viver no centro da cidade e morar nos arredores, em musseques, com dificuldades e sem condições, com água imprópria para consumo, no meio de doenças tropicais.

Sentia que a sua missão era também contribuir para o bem-estar dos naturais de Angola, que considerava seus compatriotas, gente de raça diferente, mas igual nas necessidades e nos sentimentos. Assiduamente dedicava os seus fins-de-semana livres a levar, às zonas mais recônditas, assistência médica e cuidados de saúde. Abdicava das passeatas de jipe pelos montes, do *moto-cross* ou mesmo de um belo dia na praia para levar conforto a quem precisava.

Fazia centenas de quilómetros, chamado pelos responsáveis das missões, padres, que ia conhecendo e aos quais já não conseguia deixar sem apoio.

Nos últimos tempos já demonstrava alguma preocupação pelo futuro do país e aventurava-se pouco. Viana, a pouco mais de dez quilómetros de Luanda, era o local onde ainda corria o risco de ir. As notícias do dia-a-dia, as histórias que se contavam de massacres e vinganças que prometiam ajustar contas de tantos anos de colonialismo português já o deixavam temeroso.

Numa das deslocações a Viana, o padre local, missionário português que há trinta anos ali estava instalado, tentou explicar-lhe que tudo não passava de histórias inventadas.

– Estão a criar pânico entre as pessoas com histórias mal contadas de mortes, massacres e ajustes de contas – dizia-lhe o padre Ambrósio que era entre a população de Viana muito respeitado e considerado um verdadeiro Deus.

– Eu sei, padre Ambrósio. E esta gente sabe que venho cá para ajudar. Mas agora ouvem-se muitas coisas. Assaltos, muita gente com armas na mão, muita política à mistura e muita confusão. Sabe como é, isto assusta. Eu corria todos os lugares sozinho, dormia no jipe no meio do mato, fazia picadas à noite e nunca senti medo. Agora nem me atrevo. Ia tantas vezes a Nova

Lisboa, mas agora nem pensar. Venho aqui a Viana e não arrisco ir mais longe. Tenho muita pena. Recebo pedidos de todas as Missões, mas não tenho garantias.

– Mas isso é o que eles querem. Criar pânico e confusão, passarem a mensagem de que vivemos em guerra. Mas olha para mim, Carlos Jorge, ando aqui no meio do povo, sem armas, e continuo a dormir de portas abertas.

– Pois, mas em Luanda já não fazemos isso. A porta de minha casa estava o dia todo aberta e à noite nem nos lembrávamos de a fechar. Agora nem pensar. É como lhe digo. Parece que estão a pôr armas nas mãos de gente que não tem formação. E sabe como é, umas cervejas a mais e o rastilho pega-se rapidamente. Já ouviu falar da história do taxista que foi morto num musseque. E dos incidentes na Avenida Brasil, daqueles brancos que emboscaram os negros?

A Avenida Brasil era o local de passagem dos negros que de manhã cedo se dirigiam à cidade para trabalhar. A morte do taxista branco naquele Verão de 1974 tinha provocado a ira da população. Extremistas brancos esperaram pelos negros para os agredirem e insultarem. Eram sinais de racismo preocupantes que deixavam adivinhar momentos dificilmente controláveis.

– Não te preocupes. É só uma fase. A revolução no Continente trouxe mais liberdade às pessoas, mas tudo se vai recompor. Este país vai ser ainda melhor.

– Oxalá. É caso para dizer, Deus o ouça e você padre, melhor do que ninguém, sabe como falar com Ele. Vou ali à casa da D. Assunção dar uma injecção ao filho que está com febre. Enquanto puder vou continuar a tratar desta gente.

13.

(Fotografia cedida ao autor)

O comandante chamou Joana e Teresa ao *cockpit* onde mantinha firme a estabilidade do avião, cumprindo a rota determinada rumo a Lisboa.

– Como estão as coisas lá atrás. As pessoas estão mais calmas. Já descansam?

– Já. Vão esgotadas. A Joana há pouco disse tudo: são muitos e o avião parece que vai vazio – desabafou Teresa.

– O caso não é para menos – garantiu o comandante.

Também o co-piloto Tavares era um homem com muitos anos de aviação e alguns anos de África. Era da Força Aérea e havia feito serviço militar em Moçâmedes durante quatro anos. Conheceu Angola de uma ponta à outra. Fazia viagens de reconhecimento e transportava as patentes militares que controlavam as forças portuguesas no país. Não tinha dúvidas.

– Esta gente deixa um país único. Não era só a beleza natural e o clima. Eram as potencialidades que tinha. Não faltava nada em Angola. Eu consigo perceber um pouco do que lhes vai na alma. Também quando regressei a Lisboa com uma proposta tentadora para entrar na aviação civil pensei muito tempo se devia abandonar um país pelo qual me tinha apaixonado, em troca da carreira com que sempre tinha sonhado. Quando tomei a decisão senti quase o mesmo. Vinha carregado de dúvidas, com o coração despedaçado. Senti um vazio enorme por deixar esta terra.

Mas, claro, nada é comparável. Eu vinha para seguir o meu sonho desde miúdo. Esta gente deixa o sonho para trás.

E deixava mesmo.

Angola era um país que na década de 1970 apresentava um crescimento brutal. Tinha todos os recursos desejados: ouro, diamantes, algodão, petróleo, café, um solo rico e uma costa a perder de vista. Havia oportunidades para todos e o desenvolvimento atravessava todas as áreas: na agricultura, na indústria e no comércio todos prosperavam. Nas fazendas de algodão e de café, o país tornava-se economicamente potente, a criação de gado e as explorações mineiras eram alvo de grandes investimentos.

As cidades angolanas, como Luanda, Nova Lisboa, Benguela, Lobito, Moçâmedes e Sá da Bandeira, de avenidas largas e edifícios modernos, eram a imagem da prosperidade de um país que caminhava muito à frente do lento ou quase nulo progresso que o Continente registava.

Esplanadas cheias, restaurantes apinhados, cinemas ao ar livre, discotecas, praias, uma rede escolar invejável, um sistema de saúde moderno e avançado faziam de Angola um país apetecível e com um futuro que o poderia colocar próximo das grandes potenciais mundiais.

Terá sido toda essa riqueza que o tornou demasiado apetecível e palco de uma guerra fraticida que dizimou o país?

A guerra que se fazia apenas no interior e junto às fronteiras, sobretudo do Congo-Brazaville, com Cabinda ali bem próximo, era algo que estava distante das cidades que se desenvolviam para lá do que era Lisboa, a chamada metrópole. Mas era essa guerra que tinha provocado tão brutal crescimento.

Em 1961, a UPA, movimento constituído pelos chamados angolanos urbanizados e destribalizados, faz a sua primeira incursão sobre interesses portugueses em Angola. A casa de reclusão, o quartel da PSP e ainda a Emissora Oficial de Angola são os alvos e que ficam com o marco do início da luta armada no país. Era a primeira tentativa séria na luta contra o regime colonial português. Mais tarde os elementos da UPA são assimilados pelo MPLA, movimento fundado em 1956, mas que nesse ano de 1961 ainda tinha pouca expressão em Luanda.

Em Lisboa, o governo confrontava-se com uma forte contestação interna. António de Oliveira Salazar manda avançar: «Para Angola rapidamente e em força» foi a palavra de ordem que definia o carácter de urgência. Uma frase que ficou célebre na história da política colonial portuguesa. A Índia já tinha caído nas mãos da União Indiana. O império estava em causa, Portugal avisava que não ia deixar que as colónias fossem palco de desestabilização para a unidade nacional.

Um mês depois, a 15 de Março, a UPA, que se viria depois a designar FNLA, dirige uma operação no Norte de Angola contra colonos portugueses e algumas povoações negras causando centenas de vítimas. A instabilidade crescia e Portugal é obrigado a realizar uma ponte aérea interna para evacuar 3500 portugueses, residentes no Norte de Angola, e instalá-los em Luanda.

Abril é um mês decisivo. Em Cólua, na estrada Luanda-Carmona, morrem nove militares portugueses. Logo a seguir novo massacre sobre trabalhadores bailundos numa fazenda do Quitexe. No dia seguinte, 12 de Abril, ataque à povoação de Lucunga, onde é massacrada a maior parte dos habitantes brancos.

Salazar já tinha sido avisado da situação explosiva que se vivia na jóia da coroa, mas tem, a nível interno, um problema. Uma tentativa de golpe de Estado liderada por Botelho Moniz, seu ministro da Defesa, que conseguiu abortar. Resolve assumir ele próprio a pasta da Defesa e logo a seguir reúne o Conselho Militar Superior para tratar do envio de tropas para o Ultramar.

A 18 de Abril, contingentes de militares começaram a atravessar o Atlântico e a desembarcar em Luanda para se espalharem pelos sítios mais recônditos do país. Sítios inóspitos, que as tropas dos movimentos de libertação conheciam bem e que durante catorze anos muitas lágrimas fizeram correr do Minho ao Algarve entre famílias que tinham os filhos na guerra do Ultramar.

Esta guerra que Salazar insistiu levar avante, a mais longa guerra colonial da História, e que Marcelo Caetano continuou depois de assumir a liderança do Governo em 1968 por incapacidade física do seu antecessor, teria como destino final o 25 de Abril de 1974 e o fim do Estado Novo.

Em 1965, a FNLA e, em 1966, a UNITA são formalmente constituídas movimentos de libertação, à semelhança do MPLA. Lutam de forma divergente pelo mesmo objectivo: a independência de Angola.

A UNITA de Jonas Savimbi concentrava-se ao longo do caminho-de-ferro de Benguela, principalmente na zona leste do território; a FNLA, de Holden Roberto, no Norte, ambas de raízes tribais, e o MPLA, mais ligado à burguesia e liderado por um homem formado em Medicina, no Porto, Agostinho Neto, faziam uma guerra de terror contra as tropas portuguesas e provocavam baixas que Lisboa tentava silenciar. Foram treze anos de guerrilha até ao 25 de Abril de 1974, uma revolução acompanhada em Angola com muita ansiedade, mas inicialmente sem desacatos nem manifestações.

O pior veio depois e incidentes ensombraram, desde logo, o primeiro 1.º de Maio pós-revolução. Milhares de negros vindos dos subúrbios, enquadrados por brancos com evidente formação política, encaminham-se para o Palácio do Governo, concretizando uma jornada de assumida contestação ao domínio colonial português.

Durante um ano preparou-se, sem tréguas, a independência. Com Angola dividida sob o controlo da FNLA, do MPLA e da UNITA, uns querendo a retirada das tropas portuguesas, outros constatando que «Portugal falhou!».

14.

(Fotografia cedida ao autor)

Joana não esquece aquele fim-de-semana que passou no Norte do país, em Vila Real, quando tiveram que ir à festa do tio Quim, irmão do pai, que há muitos anos tinha assentado vida para lá do Marão.

Uma viagem de sete horas de comboio até ao Porto e depois outra de carro até Vila Real que demorou quase o dobro do tempo por curvas e contracurvas com algumas paragens para atenuar a má disposição.

Não bastou a difícil viagem; também o aniversário seria ensombrado pela fatalidade que tinha tomado conta da vizinha do tio, a jovem Idália, e que era o motivo de todas as conversas naquela reunião de família. O marido, que cumpria serviço militar no Ultramar deixara de dar notícias. Nesse fim-de-semana, Idália, uma jovem com apenas vinte e quatro anos, mas já com dois filhos nos braços, Maria Inês com três anos e José António, com apenas dezoito meses, recebia uma carta.

Mas, em vez do remetente ser o seu querido marido Fernando, era o exército português que lhe escrevia estas palavras:

Moxico
20 de Fevereiro de 1962

Ex.ᵐᵃ Sr.ᵃ D. Idália Pereira dos Santos,

*Escreve a V. Ex.ᵃ o comandante da Companhia 267 a que per-
tencia o seu marido que faleceu em combate ao serviço da pátria.*
*Em nome de todos e de cada um dos elementos da companhia,
apresento a V. Ex.ᵃ as mais sinceras condolências e confio no
forte moral e compreensão de V. Ex.ᵃ para suportar tão profunda
dor. Jamais esqueceremos o nosso companheiro.*
*Agradeço a V. Ex.ᵃ que por meios oficiais, solicite a traslada-
ção para a Metrópole – pois o corpo está encerrado em urna de
chumbo – uma vez que só a família a pode pedir...*

Idália não tinha forças para ler mais. Deixou-se cair num
pranto desesperado enquanto o pai de Joana lia o resto da carta
assinada pelo comandante da companhia. Dentro do envelope
uma outra carta do Ministério do Exército onde se definiam as
exigências para a trasladação do corpo.

Um telegrama posterior dava conta do montante de toda esta operação: dez mil escudos, uma fortuna que não estava ao alcance daquela família que ainda teria de custear o funeral civil em Portugal.

O marido de Idália ficou sepultado no Moxico, numa urna de
chumbo. Idália ficava com dois filhos nos braços, sem trabalho
e sem o sustento da casa. O marido, que todos os meses enviava
o ordenado para um dia voltar, não regressou.

Aquela família era só uma entre as muitas centenas de milhar
de portugueses que sofreram em silêncio a morte de entes queridos e cujo corpo nunca puderam chorar. Os custos que o Estado
obrigava as famílias a suportarem tinham um claro objectivo: evitar a trasladação dos corpos e a imagem mortífera que era a chegada de urnas com os militares mortos, enviados para uma
guerra que ninguém percebia. E além das urnas, a realização de
funerais que podiam revoltar a opinião pública contra um governo totalitário e que fazia da propaganda uma arma política.

Joana, tinha apenas doze anos, mas nunca mais se esqueceu daquela imagem de Idália, vestida de negro, cara conformada e marcada por noites de lágrimas agarrada à carta e à impossibilidade de fazer o corpo do marido regressar à terra para estar perto dela, no cemitério que ficava ali, a quinhentos metros da pequena habitação onde residia.

Foi talvez, inadvertidamente e ainda sem o conhecimento da vida, que Joana tomou o primeiro contacto com África e com a chamada guerra ultramarina para onde muitos foram e não mais voltaram.

Era essa imagem que agora lhe vinha à memória naquele voo onde o infortúnio tocava a todos. Para Joana, apesar de tudo, estes passageiros deveriam sentir alguma satisfação por estarem a salvo dentro do avião, livres de perigo e a caminho de Lisboa. Era verdade que tinham de recomeçar uma nova vida do zero, mas ao menos era uma vida longe dos tiros e do terror que se instalara nas principais cidades de Angola.

15.

(Fotografia cedida ao autor)

Aquele voo 233 Luanda–Lisboa contrariava a história política que se estava a transmitir em Portugal sobre a descolonização.

Há já alguns meses que muitos portugueses exigiam ao Governo de Lisboa meios de transporte que os fizessem regressar ao Continente Europeu. Os ecos da revolução chegavam a todos os países tutelados por Portugal e os portugueses aí residentes começavam a desconfiar e a duvidar dos reflexos de quem pugnava pela independência total para as colónias.

A entrada em Luanda dos movimentos de libertação deixou perplexos os portugueses que aí viviam. Começaram a intensificar-se as manifestações junto ao palácio do Governo para que o Alto-comissário de Portugal em Angola obrigasse o Governo português a intensificar as ligações com Lisboa para saírem do país.

O general Vasco Gonçalves, então primeiro-ministro, e Almeida Santos, ministro do governo, designado para resolver a situação dos portugueses das ex-colónias, insistiam em negar um êxodo e continuavam convencidos de que mesmo os que estavam a abandonar o país, o faziam apenas por um curto período de tempo. Também eles acreditavam que era uma questão de tempo para se normalizarem as condições de vida em Angola.

Nos meses de Outubro e Novembro, os três movimentos de libertação, FNLA, UNITA e MPLA, abriram as suas sedes em

Luanda. A preocupação aumentava. Cada movimento tinha autênticos quartéis instalados na cidade. As sedes da UNITA e da FNLA ficavam mesmo em frente uma da outra e toda a zona envolvente era considerada território de guerra. Os seus homens estavam tão bem armados quanto mal preparados. Os incidentes sucediam-se a um ritmo vertiginoso. Partidos radicais formados por brancos não se continham e provocavam também alguns incidentes graves entre brancos e negros.

Em Janeiro de 1975, o governo português conseguiu juntar no Alvor, Algarve, os três principais movimentos de libertação angolana, fazendo jus a uma promessa de Mário Soares, então ministro dos Negócios Estrangeiros, que não agradou a milhares de portugueses radicados em Angola:

«O governo de Lisboa só negoceia com movimentos que tenham pegado em armas.» Ficavam de fora as dezenas de movimentos, na maior parte constituídos por brancos, que tinham sido formados entretanto em Angola.

Em Fevereiro, Almeida Santos, dirigente socialista e nessa altura ministro da Coordenação Interterritorial do primeiro governo democrático de Portugal, dizia, numa entrevista à então revista *Flama*, a propósito dos muitos portugueses que nessa altura já tinham abandonado Angola e continuavam a encher os aviões rumo a Portugal:

«Não se pode falar propriamente em êxodo. De Angola não se verificaram até agora retiradas significativas. Espero que não venham a verificar-se. Se a nova sociedade angolana se verificar estável e aberta, a Angola caberá, no futuro, absorver os nossos excedentes populacionais. Cabem lá todos e não a preenchem[1].»

Sentados numa mesa da Farmácia Dantas Valada, local de culto onde se reuniam as tertúlias luandenses, Carlos Jorge comentava com amigos as declarações de Almeida Santos.

– Bastava vir aqui para perceber quantos dos nossos amigos já foram para o Continente – lamentava-se Carlos Jorge enquanto se deliciava com uma *Cuca*.

---

[1] Almeida Santos, entrevista à revista *Flama*, Fevereiro de 1975.

De facto, a Dantas Valada já não tinha o mesmo movimento. Situada na Avenida dos Restauradores, fazia parte de um quarteirão onde estava instalado o restaurante Pólo Norte, a pastelaria Gelo e a Portugália. Um roteiro obrigatório para quem vivia em Luanda e onde se sabia que a qualquer hora se encontrava um amigo e se trocavam palavras por muitas horas de descontracção e animação. Muitos dos que ali paravam já tinham abandonado a cidade e refaziam a vida na metrópole.

As declarações de Almeida Santos foram feitas poucos dias depois da tomada de posse do novo governo de Angola que incluía dirigentes dos três movimentos de libertação de Angola – MPLA, FNLA e UNITA – que mantinham fortíssimas divergências estruturais e ideológicas. Cumpria-se assim os acordos do Alvor, que criaram um governo de unidade nacional e pretendiam encontrar um caminho de paz e segurança para Angola.

Portugal superentendia este governo com a nomeação do brigadeiro Silva Cardoso, nomeado pelo então presidente da República, o general Costa Gomes, alto-comissário para Angola. Este militar da Força Aérea portuguesa conhecia bem o país, já que tinha estado na guerra do Ultramar durante anos. Conhecia quase cada palmo de terreno e sabia muito bem o que o esperava. Silva Cardoso substituía no cargo o almirante Rosa Coutinho, cujo afastamento não foi visto com bons olhos pelo Movimento das Forças Armadas portuguesas em Angola.

Na Dantas Valada comentava-se com alguma desolação o papel de Rosa Coutinho.

– Ficou tudo na mesma. Vão entregar isto de mão beijada – comentava um colega de Carlos Jorge que não se conformava com a forma como o processo de descolonização estava a ser conduzido.

– Pode ser que este Silva Cardoso ponha isto na linha, mas já pouco acredito. Um dia vamos ter mesmo de ir todos embora daqui.

O novo alto-comissário, Silva Cardoso, aterrou em Angola onde foi recebido com honras de Estado, e no seu discurso deixou antever as dificuldades que o esperavam.

– Põe o rádio mais alto para ouvirmos o que ele diz – pediu Carlos Jorge ao proprietário do estabelecimento.

«Quero deixar bem claro que dentro das funções que me são atribuídas, eu serei isento e absolutamente apartidário. Não sou do MPLA, da UNITA, da FNLA, não sou preto nem branco, sou apenas militar das Forças Armadas portuguesas que, como tantos outros, ainda têm aqui uma missão a cumprir: cooperar com verdadeiras forças de Angola na construção deste grande país que há-de ser Angola[1].»

O novo governo de transição de Angola tinha a missão de governar o país até ao dia 11 de Novembro desse mesmo ano de 1975, dia declarado para a independência total de Angola.

Não houve registo de incidentes na noite anterior e, em frente ao palácio do governo, milhares de angolanos marcavam lugar para assistirem a uma cerimónia histórica, a da posse do governo de transição todo ele composto por dirigentes patriotas e representativos dos movimentos que durante duas décadas lutaram pela independência do país.

As rádios angolanas transmitiam para todo o país em directo tão eloquente momento histórico que se propunha finalizar com as divergências que separavam os três movimentos, a guerrilha que estava instalada em cada metro quadrado de Angola e a defesa da democracia e de um país que se tornasse num exemplo de convivência entre seres humanos de todas as raças, credos e religiões.

Silva Cardoso endossava responsabilidades aos novos dirigentes angolanos: «[...] a História dirá quem foi capaz de conduzir os passos finais de Angola no caminho da independência.»

Johnny Eduardo, da FNLA e em nome do Colégio Presidencial, órgão constituído por um elemento de cada um dos movimentos nacionalistas, prometia um espírito de não discriminação num país onde cabiam todos os angolanos, mesmo os portugueses ali nascidos e ali radicados que «respeitando os acordos do Alvor devem confundir-se com a grande nação angolana».

---

[1] Citação retirada do livro *Angola* de J. Marques Rocha.

No dia da tomada de posse, a caminho do hospital, Carlos Jorge ouvia no rádio do seu BMW 2002 as palavras significativas mas que se revelariam pouco visionárias, como confirmaria o futuro, de Almeida Santos no discurso da tomada de posse: «Guardo comigo uma quente imagem do futuro. Angola a crescer e a dignificar-se aos olhos do mundo, forte, progressiva, democrática e livre, e o velho Portugal, comovido e solícito a verter uma lágrima de saudade... Que a sorte vos acompanhe.»

Carlos Jorge estacionou o carro no parque do hospital, desligou o rádio e pensou: *Vai ser preciso mesmo muita sorte.*

Um mês depois, em Março, Luanda era uma cidade em pânico. Não cessavam as notícias de massacres em musseques próximos da cidade, incidentes nas ruas, pilhagens, assaltos e violência despropositada que começava a atingir muitas famílias portuguesas.

De tal forma que a 31 de Março as autoridades portuguesas admitem, em caso de extrema necessidade, uma ponte aérea entre Luanda e Lisboa e outras cidades do interior de Angola para evacuar todos os brancos e negros que não queiram ficar em Angola e se decidam a regressar a Portugal.

Milhares de portugueses voltam a concentrar-se em frente do palácio do governo a exigirem transportes e não se importam de pagar as despesas. No porto marítimo e no aeroporto são muitos os que se concentram para embarcar, com todos os haveres já encaixotados e prontos a deixar o país.

Silva Cardoso, o alto-comissário português para Angola, considera Luanda uma cidade militar onde está instalada a violência criminal. Mas só em Agosto é que é admitida a necessidade absoluta de uma ponte aérea. O tenente-coronel Gonçalves Ribeiro, secretário do alto-comissário toma em mãos a organização dessa ponte aérea.

Numa conferência de imprensa, no início desse mesmo mês admite que «pelo menos desde Junho que estão a ser procuradas soluções que ultrapassam a capacidade normal de exploração dos transportes aéreos e marítimos pelo que até ao momento considerei ser desejável não dar publicidade ao esforço que já estava a ser feito».

O drama que se vive em Angola era agora reconhecido. Todos tinham sido apanhados de surpresa, mas já não havia nada a esconder.

Gonçalves Ribeiro garantia que até 11 de Novembro, data da independência de Angola, só ficaria no país quem quisesse e assegurava que Portugal, com meios próprios ou de países amigos, iria assegurar a evacuação de todos. «Disso ninguém tenha dúvidas, ninguém vai ficar em Angola contra a sua vontade», assegurava.

Estávamos em Agosto e o alto-comissário Silva Cardoso fazia o mesmo que muitos milhares de portugueses, abandonava Angola desolado, seis meses depois de ter partido de Lisboa: «Trago nos ouvidos os discursos demagógicos onde sistematicamente se afirma que tudo se faz pelo povo e para o povo quando é o povo que sofre e morre. [...] Quero dirigir as minhas últimas palavras àqueles milhares de portugueses europeus brancos, escorraçados daquela terra, terra que já consideravam como a sua nova pátria e onde perderam tudo. Muitos já vieram, outros infelizmente ainda hão-de vir, ou terão mesmo de vir. Nunca é tarde para recomeçar.»

Silva Cardoso, que veio a Lisboa para conversar com o presidente da República, deixou claro naquele discurso que não regressava a Angola. Sentia-se derrotado pela ambição desmedida dos movimentos políticos.

Portugal não hesitou então em pedir ajuda internacional e no dia 10 de Agosto começou oficialmente a ponte aérea que iria terminar poucos dias depois do 11 de Novembro, quando Angola proclamou a independência total.

16.

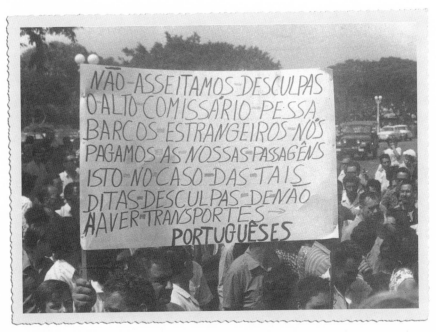

(Fotografia cedida ao autor)

Com os olhos colados à janela, Carlos Jorge recordava esses dias de esperança que o faziam acreditar que Angola seria a sua pátria para sempre.

Era dia feriado, mas a urgência do hospital de Luanda estava sob a sua coordenação. No seu gabinete, ouvia pela rádio os discursos, telefonava para amigos comuns que reunidos em casa uns dos outros acreditavam que Portugal teria sensibilidade suficiente para defender os interesses dos portugueses ali radicados e dos muitos que ali nasceram e se sentiam, como ainda hoje se sentem, angolanos.

As rivalidades políticas entre os movimentos de libertação que já tinham provocado muitas baixas humanas não deixavam grande margem de manobra. Mas agora sentia que estando todos sentados na cadeira do poder, imbuídos do mesmo espírito que era conduzir o país para uma independência segura e total, não haveria mais espaço para desperdiçar oportunidade tão soberana de fazerem de Angola, com toda a sua riqueza e recursos naturais, uma potência do mundo moderno.

Da sua sala de consultas via a Rua Serpa Pinto ladeada de casas coloniais onde viviam muitos portugueses. Avistava ainda o cinema Restauração, um majestoso edifício construído na década de 1950 e que animava as *matinées* e noites de Luanda com filmes que chegavam do Continente. *Herbie, um Carocha dos*

Diabos, era o último filme que tinha ido ver com a mulher e que o fazia esboçar um sorriso quando se lembrava do velho *Volkswagen* partido em dois.

De repente, começou a ver muito fumo a sair das casas. Incêndios provocados por elementos armados dos movimentos políticos que incendiavam todas as casas daquela rua onde tinham vivido os portugueses. Um rasto de destruição violenta. Impávidos e serenos, sem poderem fazer nada, os militares portugueses deixavam que os novos senhores da ordem em Luanda destruíssem séculos de História.

A enfermeira-assistente Natércia, entrou no gabinete e viu-o de costas voltadas com o olhar no exterior, chocado com o que estava a ver pela janela.

– Posso mandar entrar o próximo doente para consulta? – perguntou-lhe a enfermeira de forma tímida.

– Não, Natércia. Entre, feche a porta e venha ver isto.

A enfermeira chegou-se à janela e também não queria acreditar.

– Meu Deus. Como é possível! – Deu-lhe o braço e ficaram ambos ali a tentar perceber o que levava aquela gente a destruir e incendiar casas sem mais nem menos.

– Aquela casa ali ao fundo era onde vivia um casal meu amigo. Já foram embora para Portugal. Deixaram ali tudo. Está tudo a arder. Que desgraça! – dizia Natércia, natural de Angola e que vivia bem no centro da cidade, num prédio na Mutamba.

– Será que vão fazer isto à cidade inteira?

– É provável. Isto está tudo fora de controlo. Veja como os militares portugueses fazem de conta que não estão a ver nada. Afastam-se. Aquele ali até está a virar a cara. É incrível. Ao que isto chegou!

Carlos Jorge não queria acreditar naquela passividade enquanto homens armados e sem nenhuma preparação militar pilhavam, destruíam e incendiavam casas como se de uma festa se tratasse.

Para quem assistia era difícil perceber, mas para as tropas portuguesas não havia outra solução. A ordem era agora imposta pelos naturais de Angola, associados a movimentos de libertação e que governavam o país numa solução de compromisso onde todos tinham assento na cadeira do poder. Às tropas restava fazer serviços de rua para justificarem o tempo de permanência pelo menos até ao dia da Independência. Já só faltavam dois meses e nenhuma interferência, naquilo que os angolanos já consideravam ser seu, seria bem recebida.

– Sabe, Natércia, acreditei até hoje que podia ficar aqui para sempre e esperar que este tempo de instabilidade acalmasse. Perante o que estou a ver acho que não vai ser possível.

Natércia reforçou a ideia.

– Isto está muito descontrolado. Já morreu gente, já muitos dos nossos amigos foram embora e depois da independência sabe-se lá o que nos podem fazer.

– Tenho muita pena, mas não tenho outro remédio. Não faz sentido continuar a viver aqui com a minha família. Isto já não tem segurança possível – sentenciou Carlos Jorge.

Nesse dia em que viu uma rua da sua cidade ser destruída inopinadamente e sem propósito decidiu que o próximo passo seria fazer como muitos outros milhares: dirigir-se para o aeroporto e rumar a Lisboa.

– Mande entrar a próxima pessoa. Quantas consultas mais temos marcadas para hoje?

– Já só faltam três pessoas. Não são casos complicados.

– Então não marque mais consultas para hoje. Já são quatro e dez e quero ir para casa e de fim-de-semana. Por hoje já vi que chegue. Mande entrar a senhora.

Depois de dar a última consulta, deixou-se ficar tranquilamente na cadeira. Olhou para o gabinete, voltou a espreitar pela janela. Continuava a ver um fumo espesso sair das casas da Rua Serpa Pinto.

Pediu à central telefónica para lhe ligar para casa. A mulher não tinha trabalhado nessa sexta-feira. Estava de folga e estaria de banco nas urgências de sábado para domingo naquele mesmo hospital.

– Estou, Ana? Sou eu? Está tudo bem aí em casa?

– Está. Tenho ouvido uns tiros ao longe, mas aqui não se passa nada. Fui ao mercado de manhã, havia muita gente, uma grande confusão, mas fui e voltei. Ainda ouvi umas coisas, aquelas palavras do costume contra os brancos, mas não liguei. Já estou em casa com os miúdos.

– Aqui para estes lados andam a incendiar casas. Isto está a ficar muito perigoso. Vai preparando algumas coisas. Vou sair daqui agora, mas acho que ainda vou passar pelo aeroporto e ver como estão as coisas. Temos de nos preparar para sair daqui como toda a gente está a fazer.

Ana Maria ficou em silêncio. Tinha chegado o momento de que há muito ambos andavam a evitar falar porque não estavam a ver como iam conseguir sair daquela cidade onde se tinham apaixonado e casado.

Este sensível tema só fazia parte das conversas quando mais um casal amigo e família lhes dizia que iam para a metrópole porque já não tinham nada para fazer nas empresas onde trabalhavam. Estavam bloqueadas, paralisadas, sem empregados e ocupadas por movimentos políticos que promoviam greves todos os dias e paravam a laboração. A par disso, a segurança, sempre a segurança, todos os dias posta em causa com boatos sobre matanças, chacinas e assaltos a brancos e negros em povoações cada vez mais próximas de Luanda.

Tentaram sempre resistir à partida. Trabalho no hospital não faltava. O número de feridos aumentara de dia para dia com os incidentes, a falta de alimentos e de higiene, a ausência de medicamentos. Mas, tinha chegado a hora e Ana Maria não conseguia resistir mais. Apenas conseguiu dizer:

– Logo à noite falamos melhor.

Mas sabia que nada mais havia para dizer.

A imagem do seu último dia de trabalho no hospital era para Carlos Jorge arrasadora. Sentado no avião, com o olhar fixo no horizonte que a janela do avião lhe abria, tentava perceber os porquês de estar agora ali sentado, ao lado da mulher e dos filhos rumo a Lisboa, em fuga, deixando para trás tudo o que tinha construído numa terra que considerava também sua. Afinal essa oportunidade de fazer de Angola um país ainda mais próspero tinha sido mesmo desperdiçada.

17.

(Fotografia cedida ao autor)

Da última fila um homem alto e magro, de pele morena, nos seus trinta e seis anos, dirigiu-se para a parte traseira do avião. Precisava de fumar um cigarro. Estava visivelmente nervoso e tenso. Não conseguia dormir. Tinha de falar com alguém. Teresa e Joana estavam agora com pouco que fazer, limitando-se a estar atentas a qualquer eventualidade. No espaço de entrada da porta traseira aproveitavam para descansar um pouco e deitar conversa fora.

José Coimbra tinha sido acomodado à pressa na última fila com mais quatro pessoas. As pernas exigiam um simples desentorpecimento, mas a alma precisava de algo mais. Vivia em Luanda, embora tivesse nascido no Sul, em Sá da Bandeira, terra onde casou com vinte e sete anos e viu nascer os seus três filhos. A mãe era angolana e o pai, um emigrante natural do Porto, que abraçou aquela terra como se fosse a sua e lá constituiu família. Coimbra nunca pensou em regressar a Portugal, até porque, «regressar» não seria o termo correcto, já que nasceu em África e nunca estivera no continente.

Trabalhava para o Estado português, no sector da hidráulica e a sua profissão levava-o a viajar por todo o país a controlar e a medir os níveis das águas dos rios. Conhecia bem Angola, a sua terra, como gostava de referir em todas as conversas que enviviam recordações.

– Então que se passa? Precisa de alguma coisa?

– Não, senhora hospedeira, só de me levantar e fumar um cigarro. Estou muito nervoso, ainda não consegui descomprimir.

– Não estava a contar com esta situação? – perguntou Joana sem encontrar as palavras certas para o que queria dizer.

– De todo. Apetece-me dizer: Maldito 25 de Abril. Pode ter sido muito bom para vocês, mas para nós foi um descalabro.

Afinal um acontecimento a milhares de quilómetros de distância mudara para sempre o curso à sua vida e a vida de uma terra que amara e que vira cair em desgraça. Todos os nomes, todas as pessoas afloravam naquele instante à sua memória. Eram resultado de anos de esperanças que se revelaram infundadas e de um sonho ao qual Coimbra gosta de chamar «o sonho angolano» que crescia no coração de muitos portugueses de lá.

Apetecia-lhe falar e aquelas duas hospedeiras eram as únicas destinatárias naquele momento. Apenas se ouvia o barulho contínuo dos motores do avião enquanto no imenso corredor quase todos dormiam. Ou quem não dormia, pelo menos tentava descansar e remetia-se ao silêncio.

– Fale à vontade. Eu conheço mal Angola. Só cá vinha em trabalho, estávamos um ou dois dias e partíamos. Nunca tive a oportunidade de conhecer bem esta terra – disse Teresa.

– Até ao 25 de Abril viver em Angola era uma maravilha. Após o 25 de Abril foi a desgraça total. Foi uma campanha «bem» montada – disse revoltado José Coimbra – que contribuiu para criar um pânico generalizado no país e que está na origem desta debandada geral.

Um misto de raiva e de dor respingava de cada palavra que dizia e, enquanto bebia um café quente e puxava uma baforada de tabaco AC, os olhos perdiam-se na imensidão de um tempo que lhe custava recordar.

Viveu-o e não o podia relatar sem emitir opinião e sentimento. Viveu, sentiu e sofreu as consequências na pele de um período que para Coimbra representava dor e mágoa pela imposição de uma vida que não escolheu.

– Toda a gente vivia bem, não havia falta de emprego e mudávamos de uma cidade para outra sem qualquer problema. Os portugueses viviam bem, mas trabalhavam muito para isso. As fazendas de que se fala, as roças de café, empregavam centenas de pessoas para apanhar o grão. Mas não se pense que só os brancos eram ricos, também os negros viviam bem e havia muitos com grandes fortunas. Esta terra dava para todos. Não se percebe esta situação que foi criada. Alguns tinham milhares de cabeças de gado e, por exemplo, se o filho de um deles casava, eles matavam aos quarenta e cinquenta bois para a festa do casamento. Também iam à escola e até as missões dos padres ensinavam a ler e a escrever todos os que quisessem aprender e depois quem queria podia continuar os estudos.

Era ininterrupto o seu discurso. Teresa ouvia-o com atenção sem fazer comentários. Joana estava comovida com o que escutava.

O plano político passava-lhe ao lado; a sensibilidade que as caracterizava levava-as a tentar colocarem-se na pele daquele homem que se sentia triste e revoltado.

– ... O Savimbi, por exemplo, foi meu colega de liceu, e foi estudar para a Universidade. Mas após o 25 de Abril, o Partido Comunista resolveu entregar aquilo aos negros, esquecendo que também havia brancos que eram naturais de lá, trabalhavam e viviam naquela terra.

A emoção e alguma parcialidade impediam-no de encarar de certa forma os anos de intenso colonialismo português que em muitos casos discriminou muitos negros, e até a diferença abismal que as cidades mostravam, sobretudo Luanda com avenidas e prédios modernos, e os musseques sem condições mínimas exigidas para um ser humano e onde morava a maior parte dos negros.

À conversa já se tinha juntado outro passageiro, um homem de cor negra, Cherne Kondé, natural do Lobito, com os seus trinta e cinco anos e que também tinha fugido à guerra. Cherne Kondé não teve mesmo tempo para mais nada. Meteu-se num barco em Benguela, desembarcou em Luanda, foi para o aeroporto onde esteve três dias. Apenas a roupa que trazia vestida e a sua viola. Era músico, adorava cantar e tocar e não deixou que o seu instrumento predilecto ficasse para trás. A mãe e a irmã já estavam há alguns meses em Portugal, a viverem numa pensão na Figueira da Foz. Ele ia agora ao seu encontro.

Estava de acordo com o discurso do companheiro daquela dura jornada que ouvia atentamente.

– Entregaram Angola – era a única coisa que conseguia dizer.

– Tudo por causa do 25 de Abril.

Recordam ambos o instante em que receberam a notícia da Revolução de Abril pela rádio.

– As notícias de Portugal eram seguidas atentamente por todos e soubemos logo. O dia 25 de Abril foi vivido como um dia de festa, porque estávamos convencidos de que seria uma mudança para melhor, mas afinal a verdade foi outra. Luanda, na altura, era a segunda cidade portuguesa, muito maior do que o Porto e as pessoas ficaram muito satisfeitas – recordava.

Mas depressa o sentimento de alegria foi substituído pelo medo e ansiedade. Os cravos que marcharam no Terreiro do Paço em Lisboa significaram espinhos para os milhares de portugueses que viviam em Angola.

– Nos meses a seguir a Abril, começaram a correr boatos de que estavam a decorrer motins e que os negros estavam a dar tiros aqui e ali e o medo começou a instalar-se – contava Coimbra.

– Eles davam tiros para o ar só para assustar. Começou a ouvir-se dizer que ali e acolá morriam pessoas e foi nascendo o pânico entre todos. Uma pessoa acordava de manhã e ia para o trabalho e só ouvia dizer coisas do tipo «hoje atacaram em tal lado». Mas não atacavam nada, era só para criar medo – garantia.

Cherne Kondé reforçava a mesma ideia:

– Montaram uma campanha para correr com as pessoas todas de Angola. A maior parte das pessoas que lá vivia não tinha armas para se defender e o governo português resolveu armar o MPLA – dizia convictamente.

– Mais ninguém podia ter sido... Se era o governo português que lá estava, eles arranjaram armas onde?! Davam tiros aqui e ali para amedrontar as pessoas. Acabaram por morrer apenas algumas pessoas, mas criaram um clima de pânico tal, que toda a gente queria vir embora. Eles diziam que era para ficar com a casa do branco, o carro do branco e a mulher do branco. Era o que se ouvia dizer nas ruas – contava Coimbra.

De uma Angola próspera e rica, onde os portugueses viviam bem e felizes, a independência trouxe um clima de terror às ruas e o medo de ser morto a cada esquina, passou a ser uma constante do dia-a-dia. O Sol que outrora iluminava futuros sorridentes parecia agora uma bola de fogo ameaçadora, a brilhar escaldante nos céus de uma África portuguesa a cair em ruínas. Toda a gente queria fugir...

De um momento para o outro o grupo foi aumentando. As hospedeiras já estavam rodeadas por mais um elemento. Francisco Martins, jovem com vinte e três anos, que frequentava a Faculdade de Economia de Luanda e que pensava fazer carreira e viver para sempre naquele país onde também tinha nascido. Viajava com os pais e a irmã, rumo ao Algarve onde tinha família e para onde direccionaram uma nova vida. Iam tentar reconstruir tudo porque de Angola não tinham conseguido trazer nada. Apenas algum dinheiro. Mas para recomeçar iam contar, sobretudo, com a ajuda de familiares desde sempre a residirem em Portimão e com as alegadas ajudas que o governo em Lisboa prometia aos deslocados.

A conversa ajudava a exorcizar fantasmas e a «queimar» mais alguns minutos ou mesmo horas de um voo que ainda tinha algum tempo pela frente até ao aeroporto da Portela, em Lisboa.

– O governo português montou uma ponte área para tirar as pessoas de lá – explicava Coimbra ao mesmo tempo que levantava dúvidas quanto às verdadeiras intenções dessa mesma ponte área, que na época parecia uma tábua de salvação. – Depois de criado o pânico, o governo pôs-nos aviões, barcos, tudo à disposição e, claro, as pessoas vieram todas embora, porque se não tivesse sido montada essa ponte aérea muitas tinham ficado. Há quem largue tudo, quem venha apenas com a roupa que traz no corpo. As pessoas esquecem tudo, já não querem saber de nada, só se preocupam em sair dali. Todos pensam apenas em fugir, porque todos têm família e temem pela sua segurança – contava emocionado, enquanto Cherne Kondé e o jovem Francisco concordavam.

Teresa e Joana, atentamente, iam conhecendo através daquela conversa alguns contornos de um momento histórico da sociedade portuguesa.

Da fila H um sinal. Joana disponibilizou-se de imediato e foi saber o que era necessário. Apenas um pouco de água ou um sumo e umas bolachas para o pequeno Pedro, de quatro anos que viajava com o pai e mãe.

– Aqui tem. Estão a fazer boa viagem? Está tudo bem? Precisam de mais alguma coisa?

– Não, obrigado.

– Estavam há muito tempo em Angola? – Joana cumpria o seu papel de hospedeira e também de quase amiga e confidente de cada um dos passageiros daquele voo. Não dava conselhos, mas tentava conversar com as pessoas. Sabia que essa podia ser uma boa forma de facilitar a viagem a tantos passageiros desolados.

– Desde sempre, mas havemos de voltar.

Armando Dinis viajava com a mulher Manuela e o filho Pedro. Todos naturais de Sá da Bandeira. O pai dele, natural de Ponte Fora, em Oliveira de Frades tinha ido para Angola a convite de uma empresa portuguesa com sede no Continente, mas já com negócios naquele país africano. Ali se radicou, conheceu a mulher, natural de Sá da Bandeira. Uma «chicoronha» também, alcunha porque que eram conhecidos os habitantes daquela cidade. Já tinham regressado a Portugal em Abril desse ano mas os filhos, Armando e Licínio ainda ficaram com as mulheres e os filhos, na esperança de que o tempo recompusesse o país.

Armando e Manuela conheceram-se muito novos. Cresceram no mesmo bairro, estudaram no mesmo liceu, o Liceu Diogo Cão. A primeira separação, ainda namorados, aconteceu quando ele teve de ir para Carmona cumprir o serviço militar entre 1968 e 1970. Regressou a 6 de Agosto de 1970 a Sá da Bandeira e no dia seguinte estava no altar da igreja que ficava no centro da cidade em frente ao jardim contíguo ao edifício da Câmara Municipal.

Promessa de casamento feita em cartas de amor que enviava juntamente com fotos com a farda vestida e que cumpriu vinte e quatro horas depois de passar à disponibilidade.

Em 1971 foi admitido como funcionário do banco enquanto a mulher já trabalhava na contabilidade de uma empresa de distribuição de produtos.

O futuro estava ali. Casaram e tiveram o primeiro filho, Pedro, ainda em Sá da Bandeira. Mas em Setembro de 1975 e face aos estragos que a instabilidade ia provocando, Armando decidiu gozar «a graciosa» licença que era uma benesse das empresas do Estado português aos funcionários que, de quatro em quatro anos, tinham direito a seis meses de férias no continente com vencimento por inteiro e viagens de ida e volta pagas para todo o agregado familiar.

Aproveitou o facto de ter cumprido quatro anos no banco e comprou as passagens a que tinha direito para ir a Portugal com a família. Ficariam por lá e, como todos os outros, quando as coisas acalmassem, regressavam.

De avioneta alugada fez o percurso entre Sá da Bandeira e Luanda. Quando chegou ao aeroporto, que já estava sob controlo do movimento político liderado por Agostinho Neto, o MPLA, as passagens já não serviam para nada. Não tinha lugar assegurado.

No meio da confusão, a sorte bateu-lhe à porta. O funcionário da agência de viagens que em Sá da Bandeira lhe tinha vendido as viagens também por ali andava à espera de embarcar.

— Como é que é? As passagens agora não dão! Paguei-as e agora como é que faço?

— Tens aí dinheiro contigo?

— Tenho.

O amigo da agência abriu um jornal, Armando pôs-lhe umas notas no meio, embrulhou bem o jornal e foi ter com um militar que estava na porta de embarque.

— Quer ler o jornal, «patrício»?

Ao que parece era um código que funcionava na perfeição para demover aquele militar, de arma na mão e empossado de novas funções há pouco tempo.

Armando, a mulher o filho, cinco minutos depois estavam a embarcar com a autorização daquele militar que tinha gostado do conteúdo do jornal.

– Tive sorte – constatou Armando.

– Muita sorte mesmo – disse Joana. – O que interessa é que já estão aqui sãos e salvos; vai correr tudo bem.

18.

(Fotografia cedida ao autor)

Joana voltou para junto de Teresa, na parte traseira do avião onde José Coimbra explicava a razão de ser da sua ansiedade: a ausência da mulher, de três filhos menores e da sogra.

No dia anterior à partida estava em casa reunido com a família e alguns amigos a fazer o último jantar em terras angolanas. Todos tinham chegado à conclusão de que não havia outra solução senão partir. No dia a seguir, José ia tentar que a mulher, os filhos e a sogra embarcassem num qualquer avião e viessem para Portugal. Ele tinha a intenção de ainda ficar lá, pelo menos mais um ano. Como era funcionário público, tinha a hipótese de, se ficasse um ano como cooperante do processo de independência, ao chegar a Portugal, ter direito a um emprego de imediato e com o mesmo escalão que tinha em Angola.

Foi o que fizeram, de resto, muitas centenas de pessoas que mantinham a esperança de transformar esse derradeiro ano numa vida inteira. Bastava para isso que a situação do país voltasse à normalidade. Se assim fosse, fazia regressar a família a casa; caso contrário, iria para Portugal.

Depois de longas conversas, resolveram deixar os filhos em casa com a avó e foram até ao Biker beber umas cervejas. Luanda já tinha perdido o movimento de pessoas, era agora uma cidade mais deserta, mais insegura e sem a aura de outros tempos que lhe conferia um título de réplica do Rio de Janeiro.

Na manhã seguinte, Coimbra passou por uma agência de viagens onde tinha conhecimentos e marcou o voo para o final da tarde. Moravam perto do aeroporto, no bairro do Prenda. Às três da tarde José pegou nas malas e foi para o aeroporto com a família. No aeroporto, carregou o avião com os pertences que tinha emalado.

Era assim no aeroporto e no cais dos barcos. Os próprios passageiros carregavam o que podiam, para terem a certeza de que os seus haveres eram mesmo metidos no porão do avião ou dos barcos e que viriam para Portugal.

Depois de carregar as duas malas que tinha e de garantir que estavam dentro do avião regressou para junto da família na gare do aeroporto. Aflita a mulher, Maria Antónia, com a filha Rita, de quatro anos, e dois filhos gémeos, Rodrigo e Gonçalo de nove meses apenas, e ainda a sogra, Lila, disse-lhe:

– Olha, disseram que no avião não dão água nem nada.

Seria uma viagem impossível para eles naquelas circunstâncias. Como morava perto do aeroporto, ele disse-lhe para aguentar um bocado, enquanto ia a casa buscar pelo menos água, para a viagem que demorava cerca de oito horas.

Voou pelas ruas, conseguiu arranjar água mas, quando chegou ao aeroporto, ficou em pânico. Eram milhares de pessoas e já não conseguia encontrar a família.

Corria desesperado de um lado para o outro, os olhos e a cabeça funcionavam como autênticos radares em busca das caras conhecidas. Perguntava às pessoas pela sua família, fazia a descrição e nada.

O avião onde deviam embarcar estava lá, ainda sem ninguém, mas já com as malas dentro, mas a família não estava em lado nenhum.

Coimbra relembrava às assistentes e aos companheiros que se juntavam ao grupo a odisseia que tinha vivido entre momentos de desespero e aflição sem saber da mulher e dos filhos entre tantos milhares de pessoas desesperadas.

– Finalmente consegui descobrir que os tinham mandado seguir para Portugal num outro avião, um avião russo com destino a Lisboa, enquanto eles deveriam ter seguido para o Porto, onde já tínhamos as coisas mais ou menos organizadas. Perdi a cabeça e chamei de tudo a quem lá estava a organizar as viagens. A loucura era total e nada corria como devia. À conta disso tive de alterar os meus planos e agora estou aqui.

– Então, que aconteceu? Não disse que ia ficar mais um ano? – perguntou Teresa.

– Foi a única solução que encontrei. Eles num avião russo, as minhas coisas aqui. Que podia eu fazer? Obriguei-os a meterem-me neste avião e agora tenho de procurar a minha família em Lisboa. Não sei como vai ser.

O avião russo onde viajava toda a família tinha saído uma hora antes. A mulher, a sogra e os filhos nem se aperceberam de que estavam a entrar num avião errado embora o destino fosse o mesmo. Tinham de entrar. Não havia maneira de não o fazer. E não puderam avisar.

Incontactáveis viajavam agora todos sobre o Atlântico, em aviões diferentes e com uma hora de distância.

– Penso que, pelo menos, poderei chegar a tempo de orientá-los.

Teresa e Joana comprometeram-se a dar-lhe uma ajuda no aeroporto de Lisboa mal chegassem. Davam-lhe ânimo e garantiam que tudo ia correr bem. Eles estariam no aeroporto à espera dele.

Cherne Kondé não via a hora de chegar. Para animar a conversa ainda soltou um sorriso para dizer:

– Comigo era impossível acontecer. Só venho eu e o meu violão. E se o violão fosse no avião russo tenho a certeza de que o encontraria. Você também vai encontrar quem ama.

Cherne Kondé voltou ao seu lugar apertado. Antes tirou o violão da prateleira por cima de si e agarrou-se a ele. Precisava de uma companhia que o ajudasse a passar aquelas horas de voo.

Coimbra deixou-se estar mais um bocado de pé, a fumar outro cigarro, enquanto conversava com Francisco. Tinha de arranjar forma de controlar a ansiedade que se apoderava dele. Não conseguia ir sentado.

19.

(Fotografia cedida ao autor)

Joana foi chamada à presença do comandante. No *cockpit* o ambiente já era de boa disposição. Irene tinha ido toda a viagem a ouvir provavelmente o homem mais optimista daquele avião.

António Sousa era uma figura que todos conheciam em Luanda. Dono de um dos restaurantes mais famosos da cidade, ergueu vários negócios ligados à área da restauração e construiu um império. Dizia que tinha nascido para o negócio.

Chegou de barco a Luanda, no final da década de 1950 com uns parcos escudos no bolso. Começou por andar a pé, a bater de porta em porta, depois lá arranjou uma moto Zundapp e antes de partir, já andava com o melhor carro pelas ruas de Luanda.

Agora regressava ao Continente sem dinheiro, mas com muita experiência e contactos acumulados. Era isso que o fazia regressar com uma atitude positiva, de resto, nada habitual para quem «retornava» naquele avião.

O futuro era para olhar em frente, dizia ele, fazendo gala em não quantificar o que por lá tinha perdido. Era um desperdício de energia com o qual não pactuava, já que o sonho continuava intacto.

Se houvesse outras oportunidades, ele abraçá-las-ia com a mesma determinação da primeira saída. António gostava de desafios e concentrava todas as atenções não fossem gorar-se os principais objectivos.

Para o negro destino, tinha enfrentado, uns bons quinze anos antes, o desconforto da partida, navegando para o desconhecido a bordo de um barco a vapor. Sob a alçada dos pais, olhava em redor e, triste, só via pinheiros e pedras, algumas delas eram mesmo os disfarçados marcos que delimitavam as bouças a que cada um tinha direito. De vez em quando, as sacholas subiam em riste, animando as hostes com os discutidos direitos de águas.

É fácil falar do desalento da debandada da «nossa» África, mas muito mais complicado era o desânimo de voltar a um País, o seu, sem futuro à vista e rendido à sobrevivência alimentada por uns parcos sestércios que mal chegavam para o triste caldo.

Da escola primária sobrava a saudade e o pesadelo de cinco quilómetros calcorreados a pé diariamente e durante quatro anos. Muita dureza, mas mais um contributo decisivo para enfrentar a vida. Por outro lado, as dificuldades familiares avolumavam-se e os pais nunca se renderam à evidência de ter de vender umas leiras para melhorar as condições de vida. Era assim naquela época: antes sofrer que capitular. Como toda a cepa dos que emigraram nos anos 1950 e 1960, não se acomodou à modesta repartição de pobreza e partiu para Angola, tentando a sua sorte.

O pai, que ao princípio não apadrinhou a ideia, trouxe-o a Lisboa no carro de um amigo, enquanto a mãe, verdadeiro porto de abrigo, de compreensão elástica, aceitou a emigração do filho, perfilhando a ideia de que a sua terra não era futuro para ninguém.

A viagem, a primeira e última de barco, levou-o a Luanda, uma cidade a nascer com apenas meia dúzia de ruas asfaltadas. Deparava-se-lhe aí a possibilidade de crescer de mãos dadas com a capital de Angola. Começou por ser caixeiro, vendendo queijos e presunto de sol-a-sol.

Poupado, agarrado mesmo, foi acumulando dinheiro para se bastar a si próprio, acabando por mudar de emprego, onde passou a ganhar o dobro – tal trabalhito, tal dinheirito – e a ter mais liberdade para poder simultaneamente estudar. Agradável e obstinado nas funções que exercia, rapidamente ultrapassava os vencimentos que lhe estipulavam. Cedo se transformava no homem de confiança, ou seja, no número dois das estruturas.

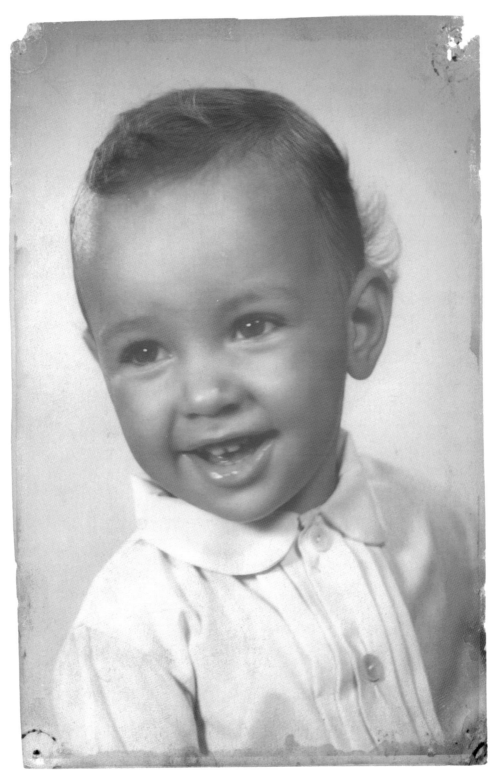

Júlio Magalhães, com um ano, em Angola.

No ano de 1964, acompanhado da mãe, do irmão e da irmã.

Júlio Magalhães, em 1964,
com uma tia em Angola.

Aos três anos,
com o pai e os irmãos.

Na Senhora do Monte em
Sá da Bandeira, com quatro
anos, na companhia de
um primo.

Aos cinco anos no muro da sua casa em Sá da Bandeira.

Na Chibia, aos quatro anos, juntamente com um primo.

Aos cinco anos, na sua casa em Sá da Bandeira.

Recordação do Paquete Imperio

Em 1967, Júlio Magalhães veio passar, com a mãe e os irmãos, um mês de férias a Portugal, tendo feito a viagem no paquete *Império*.

Na viagem de regresso a Sá da Bandeira, desta vez no paquete *Príncipe Perfeito*.

No jardim de Sá da Bandeira, aos seis anos.

No Carnaval, com seis anos.

Júlio Magalhães com oito anos, na companhia do irmão.

Com nove anos, com o pai e os irmãos.

Aos dez anos, no Casino da Senhora do Monte, com os pais e os irmãos.

Júlio Magalhães aos onze anos, em Sá da Bandeira.

Aos doze anos,
na Igreja Nova
no Bairro da Lage
em Sá da Bandeira.

Na Igreja Nova com os irmãos e um primo.

Trilhou caminhos que lhe proporcionaram um crescimento desenfreado, fazendo alarde da sua vocação para os negócios e participando, assim, activamente na explosão de desenvolvimento de Angola. Negócios que lhe rendiam muito dinheiro, centenas de amigos e um influência incomensurável.

Tinha cometido um erro crasso. Acreditou sempre em Angola. Sentia-se um angolano, tinha ali todos os negócios e, o que ganhou em África, em África investiu. Essa obstinação não lhe fez ver, quando os sinais começaram a ser evidentes, que devia colocar do outro lado, mais para a Europa, o rendimento necessário que lhe permitisse sair sem o desespero que agora acompanhava todos os passageiros daquele avião.

Aquela viagem a bordo do voo 233, ainda não era a viagem definitiva para Portugal. Vinha para ver se a situação acalmava em Luanda, mas contava regressar menos de um mês depois.

O comandante Afonso fazia do restaurante dele um ponto de chegada e de partida sempre que ia a Luanda nas suas incontáveis viagens a Angola. Quando ele quis regressar a Portugal é claro que tinha lugar no seu *cockpit*. Recordaram histórias dos bons tempos «luandinos» passados no Farol Velho, no Baleizão ou no Sibéria.

Depois de «aterrar» no avião, António de Sousa não se cansou de repetir que jamais iria chorar pelo dinheiro e património perdido. Acreditava mesmo que aquela viagem era apenas passageira. Tinha deixado os restaurantes a funcionar. Ia voltar quinze dias depois para continuar até porque do governo de Luanda davam-lhe garantias. Tinha amigos em todas as áreas, em todas as classes e em todos os movimentos políticos. De resto, os negócios que geria nem sequer davam para segregações. Por isso, era dos que tinha condições de segurança para voltar e ficar.

Naquela viagem tinha sido o calmante de que Irene precisava para esquecer como foi difícil sair de Angola, de casa, do bairro de Alvalade onde era quase vizinha do senhor António.

Quando Joana entrou no *cockpit* e ouviu o amigo do comandante dizer que jamais ia chorar o dinheiro e património derramado, disse:

145

– Nem sabe como esta gente que ali vai precisava de ouvir essas palavras. Vão tão desolados que só mesmo você com toda essa energia e esperança lhes podia dar algum alento.

– Como é que se chama?

– Joana. Joana Teixeira.

– Você é uma mulher jovem e aqui o comandante já me contou que está há pouco tempo nesta profissão. Até já sei que vem da área do Direito. Mas não se esqueça do que lhe estou a dizer aqui e agora neste avião: na vida, carpir mágoas sobre o passado é gastar energia que é necessária para reconstruir o futuro. Lembre-se disto.

Joana ouviu e registou. E ainda reforçou:

– Os nossos passageiros de hoje precisavam todos de ouvir isso. Comandante, queria alguma coisa?

– Era só para lhe dizer que estamos a duas horas do final da viagem. Preparem qualquer coisa quente para os passageiros, chá ou café, para ser servido dentro de meia hora quando começarem a acordar para depois prepararem a parte final do voo.

As recomendações normais. Joana voltou então para a cabina e reparou em Carlos Jorge que fazia festas à filha mais pequena, enquanto a mulher parecia agora mais reconfortada depois de um sono de quatro horas.

– Precisam de alguma coisa? Estão bem?

Ana Maria agradeceu a preocupação. Sentia-se melhor e pediu apenas um pouco de leite para a filha.

– E o doutor Jorge quer alguma coisa? Vai mais um ovo com açúcar? – perguntou sorridente numa tirada que até a Ana Maria arrancou finalmente um sorriso.

– Não me diga que ele já lhe pediu um ovo com açúcar? – perguntou Ana Maria.

– Nem mais. Enquanto você dormia devorou com toda a vontade tão estranha iguaria. Nunca tinha visto. Açúcar em cima de um ovo estrelado.

Mais do que o ovo com açúcar, havia qualquer coisa no doutor Carlos Jorge que intrigava Joana. Não sabia bem o quê. Tinha simpatizado com ele, durante a conversa, naquela voz calma e suave, mas firme, e sentiu qualquer coisa mais que não sabia explicar. Uma emoção estranha cujo significado desconhecia por completo.

Questionava-se agora sobre os olhares cruzados ainda no aeroporto de Luanda e na coincidência de Carlos Jorge ter ido parar à primeira fila do avião, sentado mesmo em frente ao banco onde ela se sentava para cumprir as normas de segurança durante a descolagem e aterragem.

Que disparate. Já estou para aqui a fazer filmes de ficção na minha imaginação, pensou com medo que ele conseguisse ler os seus pensamentos.

20.

(Fotografia cedida ao autor)

Os primeiros raios de Sol começaram a entrar pelas janelas do avião. O avião espreguiçava-se depois de uma noite de voo. Já lá iam seis horas de viagem; faltavam ainda uma hora e quarenta e cinco minutos, mas era altura de todos se começarem a preparar para desembarcar em Lisboa.

O voo ia com meia hora a mais que o tempo previsto. Como muita gente ia de pé e sem lugar, o comandante Afonso evitou ao longo da viagem sinais de turbulência e sempre que podia desviava a rota para não pôr em risco os passageiros. À conta desses desvios fez mais quinhentos quilómetros, e daí o atraso se bem que pouco significativo.

Joana, juntamente com a restante tripulação, começava a servir bebidas quentes aos passageiros. Mais um «mimo» para lhes tentar atenuar o sofrimento.

Lá atrás, Cherne Kondé surpreendia todos com os seus acordes de violão. Com uma voz quente e bem timbrada, entoava canções que humedeciam os olhos de todos os adultos que ali viajavam. Canções do Duo Ouro Negro, onde se ouvia «...vou na Mutamba, com meu violão...», eram o suficiente para manter as pessoas em silêncio, sem vontade de falarem, mas apenas de escutarem e relembrarem emocionadas os tempos que não mais voltariam.

Foi com os olhos humedecidos que Carlos Jorge vislumbrou Lisboa. Primeiro o Cristo Rei, a Ponte 25 de Abril. Estava de volta à terra de onde tinha saído ainda bebé.

Era estranha a sensação de regressar a um país totalmente desconhecido. Os pais não regressaram uma única vez a Portugal, nem sequer em tempo de férias. Em Março, mês de férias escolares, o destino era invariavelmente Moçâmedes onde tinham amigos e aproveitavam a praia. Nas férias grandes, África do Sul e Moçambique faziam normalmente parte dos seus gostos turísticos. Já namorado de Ana Maria e posteriormente casado, o destino era a terra dos pais dela, Sá da Bandeira, sobretudo nas férias grandes e no Natal.

Tudo o que conhecia de Lisboa era as fotografias que via nos livros de História. O Cristo Rei, o Mosteiro dos Jerónimos, a Torre dos Clérigos, no Porto, o Castelo de Guimarães...

Viveu anos com a ilusão de visitar a Metrópole, prometia sempre que seria no ano seguinte que aproveitaria para conhecer Lisboa, Porto, Guimarães, Coimbra – a terra dos pais – e o Algarve mas, por uma razão ou por outra foi adiando. Talvez porque vir ao Continente seria sempre, mais tarde ou mais cedo, uma inevitabilidade e por isso optava sempre por destinos que sabia que só muito raramente poderia visitar.

Desta vez estava mesmo a aterrar em Lisboa. Não por opção mas por obrigação. As suas lágrimas tinham um misto de emoção, mas também de profunda tristeza. Aquele planar do avião a perder altura para se fazer à pista marcava definitivamente o fim de um ciclo de vida africano. Virou-se por completo para a janela para ninguém perceber que tinha os olhos carregados de lágrimas. Ainda esboçou um sorriso quando vislumbrou pela janela o Estádio da Luz. Até deu para ver uns vultos que no relvado treinavam. Seria Humberto Coelho ou Toni?, alvitrava ele para depois se impressionar com o voo rasante sobre a estrada que dividia o aeroporto da cidade, com os carros ali mesmo debaixo da roda do avião.

Começava agora a preocupar-se seriamente com o que ia ser a vida dele. Para onde ir? O que fazer?

Quando o avião tocou na pista, virou-se para a frente. Joana estava de olhar vidrado nele. Queria falar-lhe, dizer-lhe qualquer coisa que o consolasse. Naqueles momentos em que Carlos Jorge estava voltado para a janela pensou numa forma de os poder ajudar. Sabia que depois de sair do avião ela voltava para o conforto de casa, da família ali bem ao lado do aeroporto e não conseguia imaginar como é que aquela família, como muitas outras que ali viajavam, ia sobreviver para além da porta daquele avião.

Sentiu pela primeira vez a fragilidade do homem que tanto a impressionou pela firmeza que demonstrara ao longo do voo para não deixar a mulher e os filhos perceberem que o desânimo tinha tomado conta dele.

Apreciou ao milímetro a atitude que teve ao voltar as costas para se virar por completo para a janela e não deixar que lhe vissem os olhos traírem-no, afogados numa mágoa profunda.

Quando se recompôs no assento deparou com o olhar terno de Joana. Compreendeu que ela tinha percebido tudo. Deixou o olhar cair, esboçou um tímido sorriso como que a dizer: E agora?

Joana olhou para os dois filhos. Estava a tentar dizer-lhe que eles teriam de ser a força dele a partir dali.

Queria dizer-lhe de viva voz mas não tinha coragem com medo que as suas palavras fossem mal interpretadas. Carlos Jorge desviou então o olhar para o filho que sentado no meio dele e da mulher, já espevitado, perguntava:

– Pai, já chegámos? Onde é que o avião estaciona? É numa garagem?

Até Ana Maria conseguiu sorrir com aquela pergunta. Carlos Jorge disse-lhe para esperar que já ia ver, colocou o braço sobre o ombro do filho e apertou-o com força.

Respondia ao olhar apelativo de Joana para lhe transmitir que tinha percebido a mensagem e que pelos filhos e pela mulher tinha mesmo de arranjar forças para começar uma nova vida.

De sorriso rasgado, Joana levantou-se e foi tratar dos preparativos para fazer o desembarque dos passageiros. O avião estava finalmente estacionado e com os motores desligados na placa, e só faltavam as escadas que encostariam às portas da aeronave.

Eram nove horas e quarenta e cinco em Lisboa.

José Coimbra também de olhos postos na janela conseguiu ver, parado na pista, o avião russo que lhe trouxera a família e que o obrigara a fazer aquela viagem. De uma coisa tinha a certeza: a mulher, a sogra e os três filhos já estavam em Lisboa. Agora era só preciso encontrá-los.

Pediu a Joana e a Teresa que o deixassem sair em primeiro lugar do avião. Estava preocupado, tinha de ir à procura da família. Os filhos gémeos eram demasiado pequenos, nove meses, a filha de quatro anos também, e elas estavam sem orientação nenhuma. Não tinham ninguém no aeroporto e estavam com a certeza de que o marido tinha ficado em Luanda como estava planeado.

Era um cenário demasiado pesado para duas mulheres com três crianças e ainda por cima sabedoras de que as suas malas estavam todas no avião no qual deviam terem embarcado.

Joana já tinha transmitido a história do passageiro Coimbra ao comandante que de imediato acedeu ao pedido.

– Mal aterremos, ponham o passageiro junto à porta e dei-xem-no sair.

Ainda o avião deslizava na pista em direcção à placa de estacionamento e já o comandante Afonso comunicava com a torre de controlo para que lhe pusessem o amigo Raul em contacto com o avião.

Foi o que fizeram:

– Raul, missão cumprida. A tua mulher está aqui comigo. Foi difícil, mas consegui.

– Obrigado, amigo – respondeu Raul da torre de controlo onde estava por «cunha» do comandante. – Jamais me esquece-rei deste teu gesto. Diz à Irene que está aqui a família toda de braços abertos à espera dela. Estaciona isso depressa que não vejo a hora de a abraçar.

Irene já chorava, num misto de saudades de Angola e intermináveis saudades do marido e dos filhos que agora ia poder abraçar.

O comandante desligou a comunicação com a torre e dirigiu--se agora a todo o avião através do som das colunas.

– Amigos passageiros, espero que tenham feito uma boa viagem apesar das contingências. O nosso objectivo foi ajudar-vos com todas as nossas forças e possibilidades para vos trazer de volta. Obrigado pela vossa paciência, obrigado pela vossa solidariedade e contem sempre com a TAP para o que precisarem. Contamos voltar a rever todos aqueles que estiveram esta noite connosco, noutras circunstâncias, menos difíceis e para viagens mais felizes. Que a sorte vos acompanhe, o que tenho a certeza que irá acontecer.

As palmas que o desalento não deixou soar quando o avião aterrou em segurança no aeroporto, transferiram-se agora para as palavras do comandante. Não havia ninguém que não tivesse ficado sensibilizado com aquela mensagem. O aplausos eram extensíveis a toda a tripulação que em condições difíceis tudo fez para tornar aquele voo num voo de esperança, ou pelo menos de dor atenuada.

Avião parado, portas abertas, toda a tripulação perfilada à saída do avião para se despedir dos passageiros. Ninguém conseguiu esconder a emoção.

Já tinham vislumbrado Lisboa lá nas alturas, recuperado a imagem do Tejo a dividir Lisboa da outra margem, a grandeza da ponte 25 de Abril, mas o que realmente lhes importava era como iriam agora mergulhar na grande cidade e como poderiam construir o futuro e uma nova vida aí.

21.

José Coimbra foi o primeiro a sair com as lágrimas nos olhos num sentido agradecimento pela paciência e boa vontade com que Joana e Teresa o ajudaram a ultrapassar aquela difícil e inesperada viagem.

Desceu as escadas de dois em dois degraus correndo desenfreadamente para dentro do aeroporto à procura da família. Mas as coisas foram mais complicadas do que Coimbra previra à saída de Luanda. Os primeiros minutos em solo nacional não foram muito animadores. Já tinha visto o avião russo, o que o descansara em certa medida e que o fez pensar de imediato que tinha hipótese de encontrar a família facilmente, mas quando saiu do avião, viu que ali também estava instalado o caos.

O aeroporto de Lisboa estava uma loucura. Milhares de pessoas sentadas e deitadas pelo chão em todo o lado, sem saberem bem o que fazer nem para onde ir. Quando viu aquele cenário voltou a desesperar e pensou que nunca mais os encontraria no meio de tanta confusão e de tanta gente. Não sabia o que havia de fazer. Olhava para todos ao lados e só via gente, um cenário em tudo igual ao que tinha deixado no aeroporto de Luanda. Pensou em ir à cabina de som e fazer um apelo para todo o aeroporto.

Dirigiu-se então aos balcões apinhados de gente e perguntou pelos passageiros do avião russo que tinha chegado uma hora antes de Luanda.

– Andam por aí como tanta gente. Como é que podemos saber no meio desta confusão? – respondiam os funcionários, exasperados de trabalho e pressionados com tantas perguntas.

Voltou a virar-se para o caos. Gente no chão, famílias inteiras sentadas, crianças deitadas a dormir, mantimentos espalhados por todo o lado. Começava a duvidar se a família tinha mesmo embarcado naquele avião russo.

Ouviu então uma criança chorar. Pareceu-lhe ser um som ao qual estava habituado. Instinto de pai, seguiu esse som que vinha de trás da tabacaria onde algumas pessoas se aglomeravam.

Era um dos gémeos que chorava e que o conduziu à mulher. Eram milhares de pessoas que ali estavam, todas juntinhas e, como que por milagre, o choro que ouviu era o de um dos filhos de nove meses.

– Maria Antónia!

– José!

Foi um abraço violento, forte e emocionado, que envolveu de imediato os cinco elementos da família, presenciado por tantas centenas de pessoas que ali se encontravam nas mesmas circunstâncias.

Já estavam ali há duas horas e tinham pedido aos serviços do aeroporto que contactassem a família que estava no Porto. Não sabiam o que deviam fazer nem como fazer e não contavam que Coimbra se tivesse metido no avião que devia ser o delas e chegasse ali naquele momento.

O mundo começava de novo para aquela família.

No avião, as lágrimas corriam na cara de todos. Joana e o comandante Afonso bem como o co-piloto Tavares, na porta da frente, faziam questão de se despedirem individualmente de cada passageiro e de lhes transmitir uma palavra de conforto.

Joana foi mais emotiva com Carlos Jorge e a família. Envolveu a mulher Ana Maria num abraço, passando-lhe a mão pela cara enquanto ambas choravam. Beijou os filhos como se fossem seus e não se intimidou no longo abraço a Carlos Jorge por quem tinha ganho especial simpatia.

– Obrigada, doutor Carlos. Tive muito gosto em conhecê-lo. Tenho a certeza de que tudo vai correr bem e que um dia voltará para a sua terra.

– Eu é que tive gosto em conhecê-la. Em meu nome e da minha mulher muito obrigado pelo apoio que nos deu, pela forma simpática como nos tratou e pela forma como nos ajudou a fazer esta viagem. Sem você tinha sido mais difícil. Comandante, para si e para o seu co-piloto um abraço sincero de agradecimento. Não me esquecerei pela vida fora do modo como nos trataram.

Um aperto de mão ao co-piloto Tavares, outro ao comandante Afonso e mais um abraço a Joana «selaram» aquela despedida.

O doutor Carlos Jorge descia as escadas e Joana não sabia se o voltaria a ver. Sentiu um vazio, uma imensa tristeza. Aquele olhar sereno mas fulminante de Carlos Jorge tinha ficado gravado na sua memória. Tinha a certeza de que aquela imagem de Carlos Jorge destroçado, a virar-se para a frente no momento da aterragem ia acompanhá-la para o resto da vida.

Os seus pensamentos foram interrompidos por novas despedidas. Era a vez de se despedir do jovem Francisco Gonçalves e da família:

– Boa estadia. Espero vê-lo mais tarde como economista – disse-lhe Joana.

Seguiu-se, Cherne Kondé. Sorriso rasgado, um abraço ao comandante, mais um a Joana e um espaço grande para o optimismo:

– Um dia ainda vão ouvir falar de mim – garantiu, rindo-se com aquela espontaneidade própria dos negros que se riem com a cara toda.

Joana respondeu-lhe:

– Espero um dia ouvi-lo cantar e dedicar-me uma música.

Já não faltava mais ninguém. Apenas António Sousa e Irene que seguiam no autocarro da tripulação para uma sala especial do aeroporto.

Estava concluída aquela viagem. Esgotados, mortos de cansaço, comandante e tripulação suspiravam por um banho quente e umas boas horas de descanso.

Já na sala do aeroporto, Irene voou para os braços do marido e dos filhos. Estava entregue.

António Sousa ia aproveitar a boleia do amigo comandante que o levaria para junto de familiares para os lados do Estoril.

Despedidas feitas e um aviso generalizado do comandante:

– Descansem muito bem que daqui a um ou dois dias temos de voltar. Há muita gente ainda em Luanda para fazer regressar. As próximas três semanas não vão ser fáceis.

Dez minutos depois, Joana chegava a casa dos pais nos Olivais. O pai e o irmão já tinham saído. Apenas D. Esmeralda estava com o pequeno-almoço pronto para a recepção à filha.

– Mãe, só quero um copo de leite quente e cair na cama. Estou exausta.

A mãe Esmeralda ainda quis que ela lhe contasse alguns pormenores da viagem, mas Joana pediu-lhe que deixasse para o jantar, quando estivessem todos reunidos à mesa. Agora só queria descansar. Não tinha mais forças.

E adormeceu num sono profundo.

22.

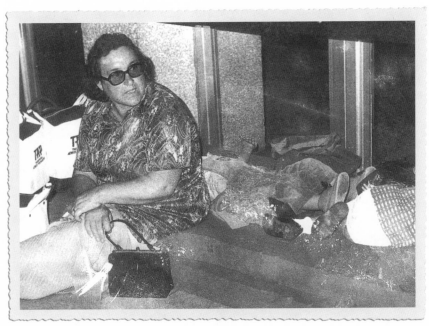

(Fotografia cedida ao autor)

O inesperado e precipitado regresso de milhares de portugueses ao Continente teve como consequência imediata o aumento da população residente. Se muitos encontraram apoio em familiares que tinham por cá, a grande maioria chegava completamente desenraizada, sem pontos de referência e para a escuridão total. Nem nas profundezas do mato africano se sentiriam assim tão desprotegidos.

Hotéis, pensões, casas particulares vazias, edifícios abandonados serviram no imediato para recolocar muitos milhares debaixo de um tecto. Em alguns sítios, amontoados à espera de saber como o Estado português ia solucionar o problema dos chamados «retornados». Tudo serviu para alojar provisoriamente estes milhares de pessoas. Até hotéis de quatro e cinco estrelas pouco usados porque Portugal não era ainda um país voltado para o turismo. Mas também instalações oficiais, como as Colónias de Férias espalhadas pelo país, foram o tecto para tanta gente que ali viveu meses ou mesmo anos até encontrar um «porto de abrigo» seguro que lhes permitisse regressar à vida.

Despojados de todos os bens, sem rumo e sem futuro como iriam agora começar vida nova num país que parecia viver largas dezenas de anos atrasado em relação ao desenvolvimento africano?

Carlos Jorge e Ana Maria, com os dois filhos nos braços, ainda ficaram um dia e uma noite no aeroporto. No chão, com os seus pertences, sem quaisquer condições de higiene. Carlos Jorge desdobrava-se em contactos, tentava saber de amigos que o pudessem ajudar. Já vinha com o objectivo de rumar a Coimbra, terra do pai e tentar encontrar raízes perdidas que o pudessem alavancar. A tia, única parente próxima dos pais, há muito se tinha extinto no Convento das Carmelitas. Trazia contactos que os pais mantiveram ao longo dos anos para poderem instalar-se e não ficarem pela grande cidade. Sendo ambos médicos iam tentar continuar a carreira no centro do país.

Depois de conseguir localizar, através de um contacto telefónico, um velho conhecido da família, ainda residente em Coimbra, por sinal dono de uma galeria de arte e conhecedor da obra artística do pai de Carlos Jorge, lá recebeu as coordenadas para se meter no comboio e rumar à cidade dos estudantes.

De Santa Apolónia a Coimbra B, mais uma viagem entre malas, filhos ao colo, num comboio através das diferentes paisagens do Continente.

Levavam indicações do IARN, Instituto de Apoio ao Retorno de Nacionais, para se instalarem provisoriamente num hotel da cidade. Não precisavam de alojamento, por enquanto, mas iam necessitar e muito da ajuda dos amigos dos pais para recomeçarem uma nova vida.

Em Portugal, o governo tinha constituído o IARN, um instituto que tinha como missão apoiar todos os que regressavam. Além do alojamento, davam-se incentivos financeiros para os «retornados» recomeçarem nova vida. Como era de esperar houve de tudo: gente que recebeu de mais, gente que não recebeu nada, promessas falhadas, desvio de dinheiros, injustiças gritantes e muita gente que se aproveitou da confusão.

«Retornados» era a palavra pejorativa que se usava em Portugal para adjectivar os milhares de nacionais que tinham fugido de Angola. Eram vistos como exploradores de negros que agora criavam um problema sério ao seu bem-estar e a Portugal. Passaram dias e dias em filas compactas junto às instalações do IARN. Procuravam a ajuda prometida que, para uns chegava com uma facilidade por vezes revoltante e que para outros tardava ou nem sequer aparecia.

Num país a viver uma democracia recente, embrulhado por sucessivos governos de salvação nacional, a desorganização dava espaço à corrupção e ao aproveitamento de dinheiros públicos que chegavam na maior parte das vezes a mãos que não deviam.

Foi assim até à década de 1980. Não raras vezes a chegada dos portugueses de África incomodou aqueles que já viviam no Continente. Os portugueses que viviam na metrópole associavam a estes recém-chegados todos os males que Portugal começava agora a conhecer. Droga, festas, despudor (que encapotadamente faziam parte da vida de muita gente) colidiam de frente com uma sociedade ainda muito fechada, pouco dada a grandes novidades, fruto de muitos anos de regime ditatorial. Todos os males pareciam chegar de África.

Mas a verdade é que a grande maioria destes «retornados» tratou de deitar mãos à obra: espalhou-se pelo país – com subsídios do IARN ou sem eles – e aproveitou a dinâmica que trazia de África para abrir negócios, dedicar-se ao trabalho e aproveitar até lugares disponibilizados por trabalhadores que tinham descoberto com a democracia o direito à greve.

Não foi fácil a adaptação: ao país, ao clima, à mentalidade vigente, a uma população ainda pouco instruída. Mas dez anos depois, a meio da década de 1980, os «retornados» imprimiam a Portugal uma dinâmica económica que se tornou decisiva na integração europeia, mas que jamais foi reconhecida.

23.

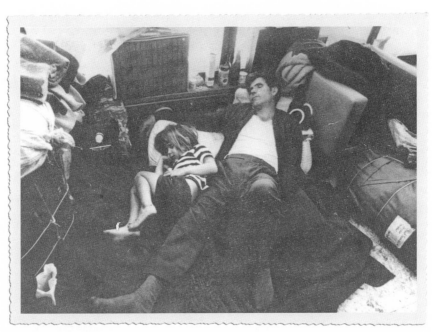

(AFL-CPF/MC/SNI/RP/03-75/0/35921)

Três semanas depois, dois dos passageiros daquele voo estavam prestes a cumprir o plano que tinham traçado. Deixar a família em segurança em Portugal e regressar a Angola. Já não havia voos comerciais para Luanda e por isso a única maneira de regressar era através de aviões da Força Aérea.

António Sousa e José Coimbra continuavam com os negócios em Luanda e voltavam decididos a manter o seu património construído com o suor de anos. Com os conhecimentos que tinham, seguiram no mesmo voo. Já se conheciam de Luanda, mas não sabiam que tinham vindo no mesmo voo de Luanda para Lisboa há três semanas.

– Então António que fazes aqui?

– Vou para Luanda. Estive cá três semanas e agora regresso para ver se aquilo fica normalizado e dá para voltar. E tu Coimbra?

– Eu também. Vim cá pôr a família. Fiz uma viagem que não tinha previsto, mas fui obrigado. No aeroporto de Luanda meteram a minha mulher, os meus filhos e a minha sogra num avião enquanto fui a casa buscar água para a viagem deles. Quando cheguei à aerogare já não os encontrei. Tinham sido metidos num avião que não era o deles e eu tive de fazer a viagem para não chegarem cá sozinhos. Foi uma confusão.

– Quando vieste?

– Há três semanas, no dia 10 de Outubro. E tu?

– Também, precisamente nesse dia vim a Portugal.

– Em que avião?

– No voo 233 do comandante Afonso.

– Também eu. Vim nesse voo e não te vi.

– Não viste porque entrei à última hora e como era amigo do comandante vim no *cockpit*.

– Eu vinha lá atrás.

– E agora que vais fazer?

– Deixei a minha família no Porto, estão instalados e por lá vão ficar. Vou regressar ao meu trabalho e ficar mais um tempo. Se as coisas acalmarem, mando regressar a família. E se não, regresso eu de novo a Portugal. E tu?

– Eu vou continuar os meus negócios. Acredito naquilo.

– Eu também. Mas vamos ver. Está tudo muito confuso.

Passaram algumas horas da viagem em conversa sobre a situação em Angola, a confusão que estava instalada e os motivos políticos.

Despediram-se no aeroporto de Luanda, mas não ia ser difícil encontrarem-se pela cidade, pois Coimbra frequentava alguns dos espaços de restauração que António detinha na cidade.

Toda a gente tinha tentado demover Coimbra de regressar, porque Angola não tinha nada, nem luz, nem água, nada... Mas ele voltou, porque tinha lá tudo, a casa, as mobílias, o emprego, enfim... Tinha decidido que ficava lá um ano, até ver o que aquilo dava e assim fez. Mas o seu país de nascimento era agora outro... Tudo mudara, os lugares, as coisas e as pessoas. O regresso foi doloroso, pois fê-lo estar presente no parto forçado de uma nação independente.

Ficou a viver na antiga casa, ninguém mexeu em nada, estava tudo direitinho como tinha deixado e nunca lhe roubaram nada, ao contrário de muitos outros relatos que se ouviam e viviam em Luanda e noutras cidades.

Mas um ano foi tudo quanto conseguiu resistir porque perderam-se todas as condições de ter lá a família. A situação agravou-se depois da declaração de independência a 11 de Novembro de 1975 e foi piorando de dia para dia.

Não havia médicos, nem escolas, porque toda a gente se tinha vindo embora. Foi mandando para Portugal as suas coisas, aos poucos, de avião, durante esse ano. Estava desolado com a cidade e com o país. Que era feito daquela urbe que vivia de dia e de noite, em esplanadas, *boîtes,* restaurantes, cinemas ao ar livre, na praia e nas ruas?

Agora, a qualquer hora do dia, dava-se uma volta por Luanda e não se via ninguém na rua. Coimbra tinha um carro do Estado, que usava em serviço e dava a volta por Luanda inteira, em busca de velhas caras, de velhas recordações e não encontrava movimento.

Os poucos portugueses que tinham decidido ficar trabalhavam de dia e à noite metiam-se em casa com medo. Ainda assim, e mercê das funções que exercia, teve de correr o país todo para fazer um inventário das repartições de Estado em Angola.

Foi em Nova Lisboa, agora Huambo, onde mais se tinha impressionado. Quando chegou a esta cidade do centro interior de Angola, correu quase todas as ruas e não encontrou uma única pessoa numa cidade onde um ano antes viviam cerca de 60 mil habitantes.

Estava tudo fechado, destruído e pilhado. Passava em povoações que mais lhe faziam lembrar aquelas cidades fantasmas dos filmes de *cowboys* americanos, com tudo abandonado, os vidros partidos...

Lembrou-se de Américo, um médico amigo que em 1970 foi cumprir serviço para esta cidade e ficou impressionado com as boas condições de que dispunha. Em 1973 regressou a Portugal. O pai estava doente, conseguiu colocação no hospital de Guimarães e optou por deixar Angola. Quando chegou sentiu-se sozinho. Nova Lisboa tinha uma sociedade que, diziam, era a mais parecida com a Metrópole. Muito fechada, de alguma forma elitista, para quem chegava não se tornava fácil uma integração.

O doutor Américo conseguiu aos poucos fazer amigos e poucos dias depois estava integrado na sociedade local. Diz que viveu ali apenas três anos que o marcaram para sempre. Apaixonou-se pela beleza da cidade, tinha condições únicas para exercer medicina e angariava todos os dias cada vez mais amigos que lhe proporcionavam uma vida social completa.

José Coimbra sempre que ia a Nova Lisboa era para visitar o amigo Américo. Agora regressava ao Huambo, e com uma máquina de filmar lembrou-se de captar todos os pormenores de uma cidade devastada pela guerra e pelas pilhagens: «Quando for à Metrópole vou mostrar isto ao Américo. Para ele ver como está a cidade que ele tanto amava.»

Foi também a Sá da Bandeira, agora Lubango, onde nasceu, passou em Benguela e o cenário não mudava. Cidades desertas. No Sul encontrou algumas pessoas, mas mesmo assim eram uma minoria. Até os negros tinham fugido com medo das cidades e regressado ao mato onde se sentiam em território mais seguro.

Um ano depois estava de novo num avião de regresso a Portugal. Terminava ali o seu sonho angolano. Ele que era angolano, foi obrigado a regressar a uma terra que não era a dele. Não se sentia um retornado porque nasceu em África, na África portuguesa.

Já António encontrou em Luanda todos os seus negócios intactos. Mas agora sem clientela. Apenas os altos dirigentes do governo e ainda alguns portugueses que por ali tinham ficado continuavam a frequentar o restaurante de que era proprietário.

Com amigos em todos os movimentos políticos aguentou-se mais quatro meses. Mas a oportunidade de negócio estava perdida.

A produção parada, sem pessoal, sem produtos para manter a qualidade que sempre alimentou nos seus negócios, sem pessoas na cidade, perdeu a motivação.

Homem habituado a «esgaravatar» e a ganhar dinheiro, via a situação política e económica degradar-se de tal forma que não havia nada naquele país a que pudesse agora deitar mãos à obra, como aconteceu nos idos anos de 1950, quando chegou de barco a Luanda e cresceu, cresceu.

Onde estavam as pessoas, o poder de compra, os empregados, a dinâmica de uma economia? Não havia. Os esforços de quem mandava no país estavam todos concentrados na máquina de guerra. E esse não era definitivamente o seu negócio.

Em Fevereiro, saiu de Angola, mas Portugal ficaria para mais tarde, já que não foi o seu destino imediato. Uma vez que já tinha ligações a outros países africanos onde já tinha amigos que o convidavam para a eles se associar, deixou Angola, mas manteve a sua grande paixão: África.

Deixou-se ficar pelo continente negro onde o Sol nasce todos os dias. Para reconstruir novo império. E deu outras voltas, por outras áfricas, onde venceu e convenceu de novo, começando a transferir gradualmente o centro dos seus negócios para Portugal, para onde veio definitivamente trinta anos depois daquela grande viagem transatlântica que o levou a Luanda.

Cumpriu o que prometeu. Deixou África sem o lamento pelo que perdeu porque sabia que não podia desperdiçar energias em lamúrias que não o levariam pelo caminho que sabia querer percorrer.

Quem também regressou a Sá da Bandeira foi Armando Dinis. Mas mais tarde. Ainda ficou três meses em Portugal à espera de boas-novas de Angola. Mas em Dezembro, depois de passar o Natal com a família, decidiu partir. Para, pelo menos, tentar recuperar os haveres que tinha lá deixado.

Entrou no país pela África do Sul. Manteve-se em Ruacaná, no Sudoeste africano por uns dias, e depois de carro entrou em Angola pela fronteira, fez a estrada que ligava o Chitado à Chibia e daí até Sá da Bandeira. Uma viagem arriscada com paragens em alguns controlos militares, mas nada de muito difícil.

Esteve mais três meses em Sá da Bandeira. Já não regressou ao Banco Pinto e Sottomayor, entretanto desactivado, e tratou de ir pondo o recheio da casa e todos os seus haveres prontos a serem transportados para Portugal.

Fez duas viagens a Moçâmedes, sob escolta militar, para levar mobílias para o porto daquela cidade e «despachar» em barcos que trouxessem todo o material para Lisboa.

O irmão, Licínio ainda lá estava, bem como o sogro, Joaquim, em tempos responsável pelo casino na Senhora do Monte, um ponto de paragem obrigatório da diversão nocturna da cidade, mas que agora já não funcionava.

A tensão que encontrou em Sá da Bandeira era ainda maior, e os movimentos políticos controlavam partes da cidade. À medida que iam chegando, ajustavam algumas contas com quem já tinha filiação partidária.

O irmão Licínio que se tinha alistado na UNITA, como dirigente, bem como outros conhecidos portugueses da cidade tiveram de se pôr a salvo no quartel do exército português, porque com a entrada da FNLA e do MPLA contavam-se as «espingardas».

Quem não estivesse do mesmo lado, arriscava-se a pagar com a vida.

Ao fim de três meses a situação era insustentável. Regressou em Abril de vez. E não conseguiu trazer nada. Deixou lá tudo. As mobílias nunca foram despachadas, os carros ficaram no quintal, algumas casas que tinha e que eram propriedade do pai já estavam ocupadas pelas forças militares.

Aproveitou então a gigantesca coluna militar sul-africana que regressava ao país de origem. Eram militares da África do Sul que tinham estado às portas de Luanda para combater o MPLA, apoiado pela ex-União Soviética e Cuba, e que de um momento para o outro decidiram retirar por imposições políticas e que, dizem, estavam relacionadas com a «guerra fria» entre americanos e soviéticos.

Centenas de portugueses aproveitaram essa coluna militar para deixar de vez o Sul de Angola. Novo percurso até à fronteira numa viagem de vários dias. O objectivo era chegar a Vindouek, no Sudoeste africano onde aviões da TAP os esperavam para os trazer de regresso a Portugal. Definitivamente.

Quando entrou no avião, rumo a Lisboa, Armando fez uma promessa a si próprio: Angola, de onde era natural, onde cresceu, estudou, fez o serviço militar, casou e teve filhos, «nunca mais!».

24.

(Fotografia cedida ao autor)

Joana acordou eram já sete da tarde. Dormia desde as nove da manhã e tinha perdido completamente a noção do tempo, onde estava e o que fazia ali.

A custo acendeu o candeeiro da mesinha-de-cabeceira. Tentou abrir os olhos, mas não conseguiu. Deixou-se ficar até se adaptar lentamente à luz artificial.

Quando conseguiu olhar para o relógio não queria acreditar. Tinha dormido quase doze horas e ainda sentia o corpo pesado, castigado por uma viagem dolorosa e muito cansativa.

Desceu em roupão à cozinha onde estava a mãe. Bebeu um copo de água. O pai e o irmão ainda não tinham chegado e ela deixou-se ficar no sofá da sala a ver um pouco de televisão.

Às oito decidiu subir e tomar um banho e, meia hora depois, já recomposta, descer para jantar e cumprimentar o resto da família que ainda não tinha visto.

O pai Teixeira, o irmão Luís e a mãe Esmeralda já estavam à mesa e prontos para comer, pois não queriam interromper o descanso da filha com pressões para se despachar. Estavam todos à espera que ela contasse de viva voz aquilo que se via na televisão.

– Então filha, como foi a viagem? Como está aquilo? São impressionantes as imagens que a televisão mostra – diz o pai.

– Nem queira imaginar. Devemos dar graças a Deus de estar aqui. Nunca vi nada assim. Nunca ouvi histórias tão arrepiantes.

Nem consigo imaginar o que aquela gente está a sofrer. O que a televisão mostra não dá nem de perto para se ter uma ideia do que se está a passar.

– Não tiveste medo? – perguntou a mãe.

– Não. Ver aquela gente naquelas circunstâncias nem nos dá vontade de ter medo. Nem sequer temos cabeça para pensar nisso. São aos milhares as pessoas no aeroporto à espera de um avião para Portugal. A ponte aérea foi montada em Luanda e Nova Lisboa; puseram também barcos no Lobito e Moçâmedes para levar as pessoas até aos aeroportos. Concentram-se todos em Luanda. É incrível. De cinco em cinco minutos aterravam e levantavam aviões. Um avião chega, carrega e vai embora e já está outro a chegar, sempre uns a seguir aos outros. As pessoas com medo estão a vir todas embora e nem olham ao que deixam ficar para trás. É impressionante vê-las ali encurraladas à espera de avião para se virem embora – disse Joana que continuava a descrição perante o ar incrédulo da mãe. – Estão todos em pânico. As pessoas que estavam no interior de Angola vieram todas para Luanda e aquilo está um verdadeiro caos. Não há comida, não há água, não há nada. Um avião para saírem de lá é tudo o que querem. Não sei como é que vão tirar tanta gente de lá e que vai ser dela aqui em Portugal. Muitas pessoas nunca tinham vindo a Lisboa, só conhecem África...

Joana engoliu em seco a pensar naquela gente, bebeu um pouco de água e retomou:

– E depois dentro do avião até dói. Gente que se percebe que tinha uma vida feliz e cheia, famílias inteiras que vêm absolutamente sem nada. Não há diferenças dentro do avião. Vêm brancos, negros, mestiços, ricos e pobres, todos com a mesma expressão: desolados. Nunca vi nada assim. Enfim, vamos comer e falar de outras coisas que ainda estou muito abalada com tudo isto.

– É melhor – diz a mãe já com a voz embargada perante o relato da filha sobre o sofrimento de tanta gente.

Foi à cozinha e trouxe a travessa com a comida quente para a filha.

– Olha, como julguei que não te tinhas alimentado bem fiz o teu prato preferido para matares as saudades. Um bitoque com ovo, batatas e arroz.

– Hum. É mesmo disto que estou a precisar.

Quando Joana viu o ovo em cima do bife desanuviou a conversa:

– Sabe mãe, no avião vinha um médico que comia ovo estrelado com açúcar.

– Com açúcar!?

– Assim mesmo. Contou-me que desde miúdo que comia o ovo dessa maneira. Vi-o comer aquilo com uma satisfação inusitada. Deve ser bom, mas mete uma impressão.

– Nunca me tinha passado pela cabeça – diz o irmão Luís com o pai também espantado com a nova receita do médico que Joana tinha conhecido no avião.

Depois do jantar Joana ainda ficou pela mesa com o pai e a mãe a partilhar alguns dos episódios vividos no avião. O irmão, como sempre, já tinha saído para o café mais próximo à procura dos amigos de todos os dias.

O telefone tocou e Joana foi atender.

Era Carla, amiga de infância, responsável pela sua entrada na TAP e que cumpria o que tinha prometido.

– Joana, que é feito? Cá estou a ligar-te mais tarde do que pensava, mas sempre a tempo de cumprir o que prometera. Queres vir jantar comigo a Cascais, assim vês os meus pais e até podes dormir cá em casa. Pode ser amanhã?

– Claro que pode. Bem, isto se não for chamada de urgência. Tenho agora dois dias de folga e umas contas a ajustar contigo. Cheguei hoje de Luanda… Estou impressionada.

– Se tu estás que direi eu que já lá fui sete vezes no espaço de três meses. Temos muito que conversar. Amanhã cá te espero.

– Ok. Combinado, amanhã estou aí às dezanove e trinta. Vou ter aonde?

– Vens de carro ou de comboio?

– Acho que vou de comboio. É mais tranquilo.

– Então está bem. Há um que sai do Cais de Sodré às dezanove e chega aqui às dezanove e trinta e cinco. Vou buscar-te à estação. Vem preparada para dormires cá.

No dia seguinte à hora combinada lá estava Carla à espera de Joana. Um abraço apertado selou o encontro.

– Então amiga, que é feito? Vamos a minha casa pôr essa mala.

– Parece que andamos sempre de mala na mão, é mesmo a nossa vida – disse a brincar Joana.

– Podes crer. Depois vamos para o restaurante que é mesmo ao lado de casa. Os meus pais estão «mortinhos» por te verem.

Os pais de Carla ficaram encantados com Joana. Já não a viam há uns anos, só tinham a descrição feita pela filha, mas agora estavam espantados.

– Que linda que tu estás Joana – disse a mãe.

– Uma mulheraça – rematou o pai com a mulher a olhar de soslaio.

– Vê lá se te caem os olhos – disse a mulher a brincar.

– E a pensar eu que andei tantos anos com esta menina ao colo. Agora já não podia contigo. Vá, vão sentar-se e conversar. Vou preparar aqui um petisco da casa só para vocês – decidiu o pai.

A hora era de trabalho para os pais de Carla; o restaurante estava cheio. Joana e Carla foram sentar-se numa mesa no canto do restaurante que estava reservada para poderem pôr a conversa em dia.

– Antes do mais, como vai isso de amores? – perguntou Carla.

– Devagar, devagarinho e parado – esclareceu logo Joana. – Nunca mais tive tempo para isso. Estou de alma e coração exclusivamente dedicados ao emprego e nem penso nisso. Ouço uns piropos, percebo alguns dos nossos colegas que lá me vão arrastando a asa de vez em quando, mas para já nada. Ainda é cedo. Agora quero consolidar a minha carreira e depois penso nisso. Vou ficar à espera do meu príncipe perfeito.

– E aquele teu namorado da faculdade, o João de que um dia me falaste?

– Não sei. Nunca mais o vi. Seguimos caminhos diferentes e perdi-lhe o rasto. E tu?

– Eu estou de amores com um colega nosso. Tenho de falar baixo para os meus pais não ouvirem. Ainda não lhes contei pois é muito recente e não tenho a certeza do que isto vai dar. Estou a ver. Como só nos encontramos quando acontece fazermos o mesmo voo, a nossa relação resume-se a encontros esporádicos e longe daqui. Ficamos no mesmo hotel e quando já está tudo recolhido juntamo-nos no mesmo quarto. Ninguém sabe de nada lá dentro. Há colegas nossas que já desconfiam, dirigem-me umas «bocas» para verem se me descaio, mas para já mantemos tudo em segredo. Vão ter tempo de saber.

Jantaram e perderam-se toda a noite na conversa. Quando deram pelas horas já eram duas da manhã e ainda ali estavam a conversar sozinhas na mesa do restaurante enquanto os pais de Carla deixavam tudo arrumado na cozinha para no dia seguinte começarem nova jornada.

A TAP, as greves, os problemas da empresa, a falta de pessoal, as relações entre colegas, a forma como se trabalhava foram temas que percorreram todas as conversas. Tinham mesmo de pôr tudo em dia, tão raro era verem-se apesar de terem a mesma profissão e de trabalharem no mesmo sítio. E claro, Angola, e a ponte aérea que estava a deixar toda agente extenuada com trabalho e com problemas psicológicos tal era a intensidade das histórias que ouviam.

– Já fiz sete viagens a Angola desde que começou a ponte aérea. Tenho vivido momentos que me vão acompanhar toda a vida. Nem imaginas. Sofro tanto com aquela gente. Há crianças que já me deram vontade de as trazer para casa. Duas delas, de cor negra, vieram no meu voo há duas semanas. Três dias depois voltei a voar para Angola e quando entrei no aeroporto ainda ali estavam no chão, em mantas e colchões improvisados à espera que as pusessem num hotel ou numa pensão que é para onde estão a mandar toda a gente. Aquilo parte-me o coração – contava Carla.

– Também vi muitas crianças e muitos idosos que me impressionaram – interrompeu Joana.

– Que vai ser daquela gente que tinha tudo e agora não tem nada. Fiquei impressionada com uma família de médicos que vinha com dois filhos. A mulher estava destroçada, ele tentava manter a compostura como se ainda fosse proprietário de tudo o que tinha em Angola. Deixaram lá tudo. Muito jovens, ele com trinta, ela com vinte e nove. Os miúdos pequenos, ainda não estavam bem a perceber o que lhes tinha acontecido. Ele não me sai da cabeça!

– Como assim, não te sai da cabeça?

– Não é nada disso Carla. Mas não sei...

– Parece que bateu aí qualquer coisa no teu coração. Como é que ele é?

– Elegante, bem-falante, sempre firme a tentar mostrar carácter para não deixar a mulher afundar-se ou pelo menos manter acesa uma réstia de esperança. Era de uma serenidade impressionante que se notava na voz e nos olhos. Nem sei que te diga. Havia muitos casais assim. As mulheres destroçadas, os homens tensos, mas dispostos a não perder a calma para não agravarem ainda mais um momento já de si difícil. Foi penoso. Tivemos de fazer das tripas coração para animar aquela gente e fazer o nosso trabalho. Fica-se como uma experiência de vida que não mais esquecerei.

A noite ia alta e nesse dia ao meio-dia Carla tinha de entrar ao serviço: esperava-a uma viagem ao Rio de Janeiro.

– Vamos indo. Continuamos a conversa em casa. Amanhã entro ao meio-dia e levo-te a casa de manhã.

A conversa continuou com ambas já deitadas e quando apagaram as luzes eram já quatro e trinta.

No dia seguinte Carla deu boleia a Joana e quando se despediram foram unânimes:

– Agora não vamos deixar passar tanto tempo sem nos vermos. Vai dando notícias. Da próxima vez és tu a vires jantar cá a casa. Beijos e bom trabalho e cuidado com o Rio de Janeiro. Não te percas por lá. Dizem que aquilo é muito tentador – desafiou Joana.

– Ele também vai – confidenciou Carla.

– Ui, então isso vai ser uma lua-de-mel tórrida. Olha, aproveita bem que esta vida são dois dias e o Carnaval são três.

Soltaram uma gargalhada sonora e lá se despediram.

Quando entrou em casa, a mãe Esmeralda tinha um recado para a filha:

– Ligaram da companhia a dizer para amanhã estares no aeroporto às onze horas. Vais outra vez a Luanda.

Joana suspirou:

– Lá terá de ser.

Nas três semanas seguintes, Joana foi mais quatro vezes a Luanda naqueles que foram os últimos dias da ponte aérea organizada pelo governo português.

A 10 de Novembro o governo considerou concluída a ponte aérea, a maior de sempre na História do país.

É já em Portugal que milhares de portugueses oriundos de Angola assistem pela televisão ao mais doloroso momento da sua história: o alto-comissário Leonel Cardoso, que tinha sido nomeado para substituir Silva Cardoso, lê a mensagem de proclamação da independência. Um discurso crítico, onde faz questão de dizer que Portugal tentou, mas não conseguiu, que o processo de independência fosse feito em paz e absoluta serenidade democrática.

«Em nome do presidente da República Portuguesa, proclamo solenemente, com efeito a partir das zero horas do dia 11 de Novembro, a independência de Angola e a sua plena soberania, radicada no povo angolano a quem pertence decidir das forças do seu exercício.»

Logo a seguir e sob escolta terrestre e aérea dirige-se à base naval da ilha do Cabo e abandona solo angolano. Era o último acto português de uma história de cinco séculos. No dia seguinte, Agostinho Neto, líder do MPLA proclama a independência de Angola.

Curiosamente, em Quinfandongo, a poucos quilómetros do local das cerimónias, a FNLA de Holden Roberto tenta impedir a proclamação da independência e trava-se uma dura batalha entre militantes dos movimentos que ceifa centenas de vidas.

Em Nova Lisboa, Jonas Savimbi promove uma cerimónia que é também uma proclamação de independência daquele território no qual marca terreno. No Ambriz, dias mais tarde e depois da derrota das suas tropas em Luanda, Holden Roberto faz o mesmo.

A guerra entre as diferentes facções independentes iria durar quase trinta anos.

25.

(Corbis/VMI)

20 ANOS DEPOIS
OUTUBRO DE 1995

O despertador não lhe dava tréguas. São sete da manhã. Joana acorda lentamente. Tinha de estar no aeroporto às nove da manhã. Às onze tinha viagem marcada com destino a Toronto, no Canadá. Ossos do ofício que já levava há pouco mais de vinte anos. Fazia agora voos de longo-curso e raramente parava em casa, um espaçoso apartamento que ocupava num prédio na zona de Sete Rios. Não valia a pena fugir do destino. Sempre que estava em casa e com a ampla janela da sua sala de jantar virada a sul, tinha no enfiamento o Cristo Rei, a ponte 25 de Abril e a linha de aterragem dos aviões em direcção ao aeroporto da Portela. Quando o dia era luminoso quase que via as pessoas dentro do avião.

Cinco anos depois de ter começado a trabalhar na TAP tinha deixado a casa dos pais, situação que arrastou o mais possível. Parava pouco em casa, estava sempre a viajar e sabia-lhe bem o conforto do lar, os carinhos do pai, os conselhos sempre preocupados da mãe e sobretudo a boa comida e o seu quarto com a sua cama de sempre que a consolava quando vinha de fora, mal alimentada e mal dormida.

O irmão subiu a pulso na CP, tornou-se director-geral o que o obrigava a várias reuniões fora de Lisboa sobretudo no Porto. Foi aí que conheceu Ana, que exercia funções administrativas na delegação da Cidade Invicta. Apaixonou-se, casou e pediu transferência para o Porto onde foi residir e trabalhar no projecto do Metro para a cidade.

O pai Teixeira tinha pedido a reforma antecipada numa das reestruturações da empresa e foi para casa fazer companhia à mãe Esmeralda. Passavam o ano todo a viajar. Não lhes escapava viagem nenhuma aos lugares mais recônditos de Portugal e às vezes também iam para o estrangeiro.

Aos vinte e sete anos Joana achou que já era altura para ter o seu próprio espaço. Mas, não foi só a idade a ditar a sua decisão. A verdade é que não tinha resistido aos encantos de um colega, um comandante por quem se tinha apaixonado perdidamente.

Ter um espaço seu tornou-se imperioso para a Joana. Até porque aquele não era um amor qualquer. O secretismo impunha-se perante o estado civil de Manuel António, casado, com um filho. Corajoso no comando de uma máquina como um avião, era demasiado frágil na hora de tomar decisões que implicassem alterações à sua vida sentimental.

De resto, inversamente proporcional ao carácter de Joana, sempre firme nas decisões pessoais, de convicções fortes mas que, desta vez, não conseguiu controlar o coração e foi atingida por uma seta da qual não estava à espera.

Manuel António há muito que manifestava por Joana uma admiração forte. Andou quase um ano a convidá-la para jantar, almoçar, ou simplesmente beber um café. As mensagens escritas em bilhetes, os piropos, às vezes os amuos, as ausências prolongadas, as conversas, ora pessoais e transmissíveis, ora profissionais e distantes.

Aquele experiente comandante da TAP não deixou de utilizar todas as armas que o pudessem pôr no caminho daquela mulher cuja beleza e presença faziam «parar o trânsito», e que sabia muito bem arrastar qualquer homem para o abismo, para depois recuar e deixá-lo seguir em frente na hora de chegar a vias de facto.

Joana não estava para grandes paixões, nem grandes comprometimentos. Até chegar a vez de Manuel António. Ao princípio, nem sequer lhe dava hipóteses de pensar que as suas incursões podiam um dia ser coroadas de êxito. Era casado e essa era a sua grande fragilidade nos ataques que insistentemente fazia ao coração de Joana. Sempre que se adiantava, Joana interrompia-lhe a caminhada com a mesma resposta: «Toma juízo que és casado.» Joana sempre o evitou não só por ser casado mas porque sabia que aquele homem era perigoso para a liberdade emocional que gostava de sentir. Tinha um charme discreto, era simpático, dominava muito bem a palavra o que lhe conferia um poder ao qual era difícil de resistir. Mas, a partir de determinada altura, Joana começou a sentir que estava a vacilar. Foi quando começou a duvidar e a colocar nos pratos da balança a mesma proporção de sentimentos. Ou seja, já não sabia se fugia dele porque era casado, ou se o evitava porque tinha a certeza de que não lhe ia resistir.

26.

(AP/Atlântico Press)

Já estava atrasada. Prego a fundo, contornou a Praça de Espanha, seguiu pela Segunda Circular e cinco minutos antes das nove conseguiu chegar ao aeroporto. Foi directa ao escritório onde aproveitou para telefonar para o irmão que estava no Porto.

– Luís, estou com saudades tuas e do «meu» Henrique. Vou sair daqui às onze num avião para Toronto, mas ainda temos de ir ao Porto fazer uma escala de duas horas. Chegamos aí às onze e quarenta e cinco. Se puderes vai lá visitar-me e almoçamos qualquer coisa rápida só para pormos a conversa em dia e eu ver o meu afilhado. Não me digas que não podes, senão mato-te.

Henrique, único filho do irmão Luís e de Ana, tinha um ano, e Joana era a madrinha. De alguma forma, substituía o filho que ainda não tinha nem sabia se um dia iria ter. Para já, Henrique preenchia na totalidade o seu instinto maternal.

Ao meio-dia estava no restaurante do aeroporto Sá Carneiro sentada à mesa com o irmão Luís e nos braços, carimbando-o de beijos e abraços, o pequeno Henrique que, diziam, era parecido com ela.

A conversa com o irmão era de circunstância já que as atenções eram totalmente dominadas por Henrique que se mostrava muito risonho.

– Tenho uma hora para estar aqui contigo. Saí mais cedo da empresa para ir buscar o Henrique e vir aqui. Mas às duas tenho uma reunião e ainda o vou levar a casa da minha sogra que fica em Gaia. Não posso estar muito mais tempo.

Joana despediu-se do irmão e do afilhado, deixou-o ir embora e como tinha mais meia hora antes de se dirigir para a sala de embarque deixou-se ficar por ali sozinha a comer qualquer coisa e a ler o *Jornal de Notícias* abandonado numa mesa ao lado.

Por entre um sumo e uma sandes de queijo fresco com alface que ia comendo para enganar o estômago, foi folheando o jornal. Na página cinco chamou-lhe a atenção um anúncio cujas letras pretas eram destacadas por um fundo amarelo e com um título sugestivo:

AMIGOS DE ANGOLA

Almoço de confraternização
Passageiros do voo 223 Luanda/Lisboa do dia 10 de Outubro de 1975
Vamos recordar África numa grande concentração
Restaurante Colina Verde, no Algoz, Algarve
Dia 21 às 12 horas
Confirmações para os telefones 21-2224570/1

Joana interrompeu a sua refeição: *Será possível? Será que estou a ler bem?*, pensou duvidando de si própria. *Este é de certeza o meu voo. Aquele voo que jamais esquecerei*, pensou.

Nem acabou de comer a sandes. Pediu de imediato um café e a conta.

– Já agora, posso levar este jornal. Eu pago. Quanto é?

– Não é nada. Foi alguém que o leu e esqueceu-se dele aí. Leve--o à vontade.

Dirigiu-se de imediato à sala destinada à tripulação e procurou um telefone. Abriu o jornal e discou os números indicados. Esperou um pouco que alguém a atendesse do outro lado.

– Sim. Boa tarde. Desculpe. Acabei de ler num jornal um anúncio que dá conta de um almoço de confraternização de um voo

Luanda-Lisboa, em 1975. Eu julgo que ia nesse voo. Quem é que está a organizar?

– Sou eu mesmo – responderam-lhe do outro lado da linha.

– Pois, mas eu não estou a conhecer a voz. Quem fala?

– Afonso Rosa. O comandante desse avião.

– Comandante Afonso. Que emoção. Que bom ouvi-lo. Há quanto tempo. Tenho tantas saudades suas.

– Pois acredito que tenha, mas agora sou eu quem não está a reconhecer a voz. Quem é que está a ligar?

– Lembra-se de uma loura alta de quem você não se cansava de dizer que se fosse mais novo não lhe escapava.

– Joana Teixeira, minha querida. Não teria mesmo escapado. Que maravilha ouvir a sua voz.

O comandante Afonso já estava reformado depois de trinta e cinco anos a pilotar aviões. Com os anos acumulados na Força Aérea, na Índia e em África, mais os muitos dedicados à aviação civil, atingiu a idade de se poder reformar mais cedo e não hesitou. Estava cansado e com algumas mazelas porque andar lá em cima todas as semanas deixa sequelas que vão aparecendo silenciosamente. Decidiu por isso dedicar-se aos prazeres da terra.

– Que confraternização é esta. Como é que decidiu organizar este almoço?

– Sabe como é. Agora estou reformado, não tenho mais nada que fazer e ponho-me a inventar estas coisas. Toda a gente organiza confraternizações e reuniões dos tempos da guerra, das companhias que integravam em África ou das cidades onde moravam e eu resolvi fazer uma com os passageiros daquele voo. Sabia que ia ser difícil, mas estou espantado com a adesão. Já recebi mais de cento e cinquenta confirmações e o anúncio só foi publicado ontem e hoje. Espero mais confirmações quando for publicado no fim-de-semana. Da tripulação já é a quinta pessoa a ligar. Com jeito ainda vou ter lá o avião todo.

– E o que o levou a lembrar-se disto?

– Lembra-se da Irene, aquela rapariga que tive de ir buscar a casa no bairro de Alvalade que não queria vir embora porque se recusava a deixar Angola e já tinha cá o marido e os filhos?

– Sim, claro que me lembro. Viajou consigo no *cockpit*!

– Somos amigos desde sempre e na semana passada esteve aqui em minha casa a jantar comigo e a minha mulher. Veio cá comunicar-nos que ia regressar a Angola. Divorciou-se há três anos, os filhos já estão casados e teve um convite para regressar ao hospital onde era enfermeira.

»Vai no fim deste mês e disse-lhe então que tínhamos de organizar um jantar de despedida. Durante o jantar, no meio da conversa, recordámos a odisseia que foi eu ir buscá-la e depois a viagem divertidíssima que fizemos no *cockpit* com o António Sousa. Lembra-se dele? Sempre a contar as suas histórias?

– Sim, claro, o senhor optimismo!

– Deu-me uma nostalgia tão grande, que me ocorreu juntar alguma daquela gente. E a melhor maneira e única porque já não sei deles era pôr um anúncio num jornal. A Irene ainda me disse que eu era maluco, que isso seria impossível, mas não há nada como tentar. Vai servir de almoço de despedida dela e é uma forma de rever aquelas pessoas vinte anos depois. Claro que a Joana não pode faltar.

– É claro que não, comandante. Acho uma ideia genial. Espero é não ter nenhum voo nesse dia, mas vou já tratar de meter uma folga para não falhar. Agora estou no Porto em trânsito para Toronto, mas chego no domingo. Na segunda-feira estou a ligar-lhe para saber como está a adesão das pessoas. Eu vou...

– Então na segunda-feira falamos. Mas já vou pôr aqui o seu nome. Boa viagem.

Mal desligou o telefone, sentiu uma felicidade tremenda. De imediato veio-lhe à memória o voo e o doutor Carlos Jorge. Que seria feito dele? Talvez tivesse a possibilidade de revê-lo. No seu íntimo, esperava que ele desse conta daquele anúncio.

Não percebeu, outra vez, aquela emoção que lhe atravessou o corpo todo. Ao longo destes vinte anos foram muitas as vezes que pensou em Carlos Jorge. Estaria a exercer medicina? Onde estaria a morar? Teria voltado a África? Vieram-lhe à cabeça muitas outras caras que tinham feito com ela aquela viagem memorável.

Só mesmo da cabeça do comandante Afonso, uma coisa destas, pensou Joana. E lá voou para Toronto agora ansiosa por regressar. O almoço era desse fim-de-semana a oito dias.

Nem se lembrou de perguntar ao comandante Afonso porque raio o almoço era no Algarve, numa desconhecida localidade chamada Algoz, mas isso deixava para a semana seguinte. Tinha tempo.

27.

(Alamy/Fotobanco)

Joana ia ficar o fim-de-semana em Toronto e quando chegou ao Canadá esperava-a uma boa surpresa. Mal entrou no hotel, depois de fechar o voo com toda a tripulação com quem estava a trabalhar nesse dia, teve uma surpresa. Sentada no *hall,* mesmo junto ao balcão da recepção, estava a amiga Carla.

Pura coincidência. O avião onde Carla viajava em serviço tinha como destino Newark nos Estados Unidos, mas o mau tempo inesperado impedira a aterragem no aeroporto que serve Nova Iorque. O desvio para Toronto, a 50 minutos de distância, foi inevitável. Os passageiros tiveram de ser transportados via terrestre para Nova Iorque. O regresso era só dois dias depois, no domingo. Tempo suficiente para estarem juntas, jantarem e conversarem. Tinham muito que contar uma à outra. Agora já não sobre Angola, mas sobre os amores e desamores que atormentavam ambas.

– Vou ao quarto pousar as coisas, tomar um banho e depois desço. Já combinaste jantar? – perguntou Joana.

– Ainda não. A equipa está toda a pensar ir aí a um sítio divertido mas sinceramente não me apetece. Se quiseres, jantamos aqui mesmo no hotel e depois damos uma volta a pé aqui pelo centro da cidade.

Joana concordou, também não tinha combinado nada com ninguém.

Desde que Joana estava a morar sozinha em Sete Rios era mais frequente verem-se. Carla morava em Cascais, também sozinha, mesmo ao lado do restaurante dos pais e aproveitava muitas vezes a casa de Joana para dormir. Sobretudo nas noites em que sabia que no dia seguinte tinha de estar cedo no aeroporto. Verdade seja dita que não aproveitava a casa só para isso. Tinha umas chaves que Joana lhe dera para usar o apartamento sempre que quisesse. Quando Joana viajava, Carla tinha à disposição um local secreto e resguardado para concretizar as suas aventuras longe dos olhares da família e num sítio onde ninguém a conhecia.

A amizade de ambas fazia delas quase irmãs e por isso não havia segredos entre as duas. De resto, Carla era a única pessoa dentro da empresa que tinha tomado conhecimento da relação de Joana com Manuel António.

Como sempre o jantar prolongou-se para lá das horas razoáveis. Carla estava a passar um período complicado. O seu casamento com Andrade, um colega de profissão, chegava ao fim depois de doze anos e de um filho em comum.

Joana tinha sido a madrinha deste casamento que rolou como um avião até ao dia em que o marido de Carla se perdeu de amores por uma brasileira, advogada em São Paulo que o enfeitiçou. Aquele último ano de casamento foi penoso. Andrade nunca mais foi o mesmo em casa, começou a embirrar com tudo e todos, até com o filho com quem facilmente perdia a calma. As discussões eram permanentes, na maior parte dos casos sempre sobre coisas sem qualquer importância.

– Uma vez até discutimos porque não tínhamos um isqueiro em casa. Ele queria fumar e dos isqueiros que havia, nenhum tinha gás. Até isso deu discussão – lamentava Carla.

Percebeu depois que Andrade corria o mundo e que em todas as cidades para onde voava tinha à espera dele a advogada brasileira. Até que se distraiu num telefonema para o Brasil que Carla captou. Em tom baixo, mas audível, estava a combinar mais um encontro, desta vez em Buenos Aires para onde voava no dia seguinte.

Andrade não se apercebeu de que Carla estava por perto e ela também não reagiu. Sorrateiramente deixou a sala sem que ele se apercebesse e fez de conta que não sabia de nada, mas começou a seguir-lhe o rasto sobretudo através de informações de amigas mais chegadas dentro da empresa.

Um ano vertiginoso para Carla que decidiu pôr um ponto final no casamento mesmo na véspera de Natal. Quando ele chegou a casa de mais uma viagem e mais uma aventura, já ela lá não estava. Nem ela nem o filho. Mudara-se de armas e bagagens para a casa dos pais em Cascais até encontrar nova solução para viver.

Nos últimos três anos tinha conseguido reorganizar-se. Comprou um apartamento ao lado do restaurante dos pais, equilibrou o filho muito abalado com a separação e ao fim de seis meses de divórcio decidiu deixar de sofrer por um amor que tinha chegado ao fim.

Valeu-lhe nessa altura um colega de liceu que reencontrou na festa de anos de uma amiga. Apesar de estar um pouco renitente porque não queria viver uma nova desilusão, sentia-se feliz e foi-se deixando envolver.

Para os lados do ex-marido as coisas não tinham corrido bem. A distância entre Portugal e o Brasil era demasiada e os encontros em cidades de qualquer ponto do mundo começaram a escassear. Aos poucos, a advogada brasileira foi percebendo que afinal não era aquilo que queria e o comandante Andrade deixou de fazer parte dos planos dela.

Ficou sozinho, desta vez tocou-lhe a ele sofrer as amarguras de quem é deixado para trás. Desequilibrado, resolveu complicar a vida à ex-mulher. Afinal era dela que gostava, era a mulher da vida dele, mas já tinha perdido o seu espaço e pior do que isso, não suportava o facto de o filho gostar tanto do companheiro da mãe.

Carla estava no meio desta tempestade. Valia-lhe a paciência do seu novo namorado:

– Gostas do Miguel, estás a dar-te lindamente com ele, tens a tua vida equilibrada, ele é importante para o teu filho, por isso agora não te deixes abater. O Andrade não merece nada de ti. Luta com todas as tuas forças para seguires a tua vida como queres – aconselhou a amiga Joana.

– É o que vou fazer, disso podes ter tu a certeza. Já me conheces – garantiu Carla.

Nessa noite Joana entregou-se por inteiro às preocupações da amiga. Gastaram horas a falar dos problemas de Carla e Joana sentiu que devia estar mais disponível para ouvir e confortar Carla do que propriamente dar-lhe conta das banalidades da vida dela que nessa altura se resumiam ao trabalho e a uma ou outra saída à noite com amigos e ao fim de um romance sem futuro com um homem casado. *Uma vida,* pensava ela, *sem nenhum carimbo de emoção.*

Foram oito anos em que dividiu o trabalho com um amor impossível. Depois de muito resistir tinha caído nas malhas do convincente Manuel António. As viagens a países que provocam entusiasmos desmedidos traíram-lhe o coração. Marrocos foi onde tudo começou. Tinha de ser África, continente pelo qual se apaixonou profundamente, de tal forma que continuava a dizer que um dia, nem que fosse já na reforma, passaria o resto da sua vida a sentir o cheiro quente do continente negro.

Em Casablanca tinha revivido um dos filmes mais marcantes da sua vida. Naquele momento já não era a ficção passada para a Sétima Arte por Michael Curtis que descreveu uma das paixões mais arrebatadoras da história do cinema entre Humphrey Bogard e Ingrid Bergman, mas a história absolutamente verídica da sua vida. Tinha estado em Casablanca apaixonada por um homem casado, arrebatador, e entregue por inteiro a uma noite de amor e sexo num cenário que nunca havia imaginado.

De uma coisa ela não se pode queixar: ele foi sempre muito claro com ela. Amava-a profundamente, queria-a todos os dias, mas acreditava no casamento e não sentia motivos nenhuns para deixar a família e fazer sofrer quem sempre esteve disponível para o acompanhar na ascensão daquilo que mais queria: ser piloto da aviação civil.

Por isso resistiu tantos anos, por isso nunca deixou que Manuel António passasse para lá da linha que ela própria desenhou em redor da sua vida. A determinada altura, a balança desequilibrou-se e pesou para o lado que sabia que a iria fazer sentir-se mais feliz. Decidiu não negar o desejo ardente que a acompanhava. Não tinha nada a perder.

Em Casablanca deu início a oito de anos de uma paixão ardente e arrebatadora, vivida sem limites em quase todos os cantos do mundo, em lugares idílicos ou tão estranhos quanto a imaginação permitia. Cada regresso a Lisboa significa um dia de retrocesso na contabilidade da vida. Ao fim de oito anos, resolveu inverter o peso da balança.

– Chega – disse ela no dia em que Manuel António, toldado pelos ciúmes lhe chamou «prostituta».

Há muito que os ciúmes iam minando aquela relação. Manuel António estava perdidamente apaixonado, vivia em função da necessidade que tinha de estar com Joana, mas não conseguia resolver a dupla vida que levava. Mantinha em casa uma relação familiar estável ainda que distante, mas controlava todos os passos da mulher que amava: Joana.

Quando se apercebeu, Joana já tinha perdido contacto com todos os amigos, raramente ia a casa dos pais, nunca saía à noite e a sua vida resumia-se a contar as horas que faltavam para viajar integrada na mesma tripulação de Manuel António para fugirem ambos da prisão em que Lisboa se tinha transformado em virtude do estado civil dele. As discussões eram frequentes, mas acabavam por ser resolvidas sempre na cama onde ambos achavam que tinham nascido um para o outro.

Naquele dia explodiu e só arranjou uma forma de o expulsar da sua vida:

– A partir de agora só tens uma solução: ou resolves a tua vida e vens viver comigo de vez ou, se me voltas a incomodar, vou directa a tua casa e conto tudo à tua família.

Manuel António virou costas e Joana sentiu que se tinha ido embora de vez. A fragilidade da sua vida não lhe permitia tomar uma decisão corajosa.

Foi o fim. Cumpria-se o filme *Casablanca*. Uma paixão ardente, um amor impossível. Só faltava mesmo um negro ao piano e Joana a imitar Ingrid Bergman: «Play it again, Sam.»

Joana tinha mesmo «apagado» o comandante da sua vida. Os primeiros meses da nova liberdade ainda foram dolorosos não tanto pelo amor perdido, mas porque a inevitabilidade da vida colocava-o sempre na frente dela. Trabalhavam na mesma companhia e não podiam confundir a vida pessoal com a obrigação profissional.

Mas o tempo foi-se encarregando de apagar Manuel António da sua vida. Agora Joana queria dedicar-se a si própria e a recuperar a auto-estima.

– Espero ter a mesma força que tu Joana para resolver a minha vida – concluiu Carla.

Joana e Carla aproveitaram o dia seguinte em Toronto para passearem e à noite juntaram-se aos restantes membros da tripulação num jantar seguido de uma divertida noite numa discoteca de Toronto. Durante o jantar, Joana contou a todos a genial ideia do ex-comandante Afonso Rosa que decidiu pôr num jornal um anúncio a convocar todos os que viajaram a 10 de Outubro de 1975 no voo 233 de Luanda para Lisboa, para um almoço que estava marcado para o sábado seguinte. Uma revelação que deixou todos mergulhados numa colectiva gargalhada pois sabiam que o comandante Afonso era capaz disso e de muito mais. Todos os que o conheciam guardavam dele uma recordação muito especial.

28.

(Fotografia cedida ao autor)

Joana passou a semana seguinte a pensar no almoço de confraternização de sábado e, embora não o querendo admitir, na possibilidade de rever Carlos Jorge. Desde que ligara ao comandante Afonso Rosa que a imagem do doutor Carlos Jorge não lhe saía da cabeça.

Chegou a Lisboa na segunda ao final da tarde, descansou terça-feira, na quarta voou para Paris e na sexta ao meio dia estava em Lisboa para um fim-de-semana de folga que aproveitava para passar no Algarve e desta forma comparecer ao almoço.

Combinou tudo com Teresa, companheira de profissão, que também ia naquele voo 233. Viajariam logo na sexta à noite para o Algarve. Nessa sexta à tarde lembrou-se de telefonar de novo ao comandante só para saber ao certo onde ficava Algoz e o restaurante Colina Verde.

Quando lhe falou deu conta de um homem à beira de um ataque de nervos.

– Que se passa, comandante?

– Nem queira saber, Joana. Estou muito aflito. Convoquei o almoço, mas nunca julguei que chegasse a este ponto. Disse ao Fernando, o dono do restaurante para arranjar uma mesa para cerca de cinquenta pessoas e até achei que já era de mais e agora já tenho duzentas e oitenta confirmações. Estou impressionado com esta adesão e agora não sei onde vamos meter tanta gente.

– Então e não dá para mudar de restaurante?

– Claro que não. Seria uma desfeita para os donos. O restaurante é pequeno, quanto muito o Fernando consegue acomodar no espaço interior umas setenta pessoas. Ele vai abrir de propósito à hora do almoço porque só serve refeições à noite. Já encomendou todos os ingredientes para fazer uma «moambada» (escolhi um prato típico angolano) e agora temos duzentas e oitenta pessoas. Vai ser um caos.

– Não sei o que lhe dizer. Diga-me só como é que se vai para lá.

O comandante Afonso deu pormenorizadamente a Joana todas as indicações para chegar ao restaurante. Esta, curiosa, perguntou:

– Como é que se lembrou de ir para esse sítio?

– Primeiro porque é no Algarve e é mais fácil para todos. Deduzo que a maior parte daquelas pessoas que vinha no avião esteja concentrada no Sul do país. Depois porque conheço bem aquela vila. Passo lá alguns fins-de-semana e o restaurante é muito bonito e come-se lindamente. Sou amigo dos donos, sou lá sempre bem recebido e achei que era boa ideia.

– E como é que vai resolver esse problema das pessoas?

– Já estive a falar com o Fernando. Se o tempo não nos trair a solução passa por servir o almoço num campo de ténis que existe em frente do restaurante. Se chover não sei. Acho que não vou se não ainda me matam.

– Não se preocupe. Vai correr tudo bem. Eles não dão chuva para o fim-de-semana e no Algarve está sempre bom tempo. Tudo se vai resolver. Então amanhã lá estarei.

O sábado apresentou-se radioso no Algarve. Às nove da manhã, entusiasmado, já o comandante Afonso Rosa estava no restaurante. Ele e os três proprietários estavam numa azáfama a compor o campo de ténis com mesas e cadeiras para duzentas e oitenta pessoas. Na cozinha, o chefe Miro apurava a «moamba».

O proprietário Fernando até tinha avisado a GNR local. Ia ser uma confusão naquela pacata vila, com tantas pessoas a chegarem por volta do meio-dia para um almoço. Convinha ter agentes de autoridade a regular o trânsito e a dar indicações a pessoas que nunca tinham ido a Algoz.

O *Colina Verde* é um dos locais gastronómicos mais apetecíveis do Algarve. Espaço «incrustado» no meio de um condomínio de moradias, com uma entrada em videiras e frondosas árvores, é forrado com cores quentes e as paredes ornamentadas com quadros e objectos que estão à venda. Um espaço gastronómico e cultural, com uma qualidade alimentar invulgar, de uma intimidade acolhedora mesmo nos meses mais quentes de Verão.

Era um dos refúgios do comandante Afonso Rosa desde que deixou a aviação. O outro era a sua casa em Foz Côa rodeada de duas montanhas com o Rio Douro lá por baixo num cenário paradisíaco. Não havia sexta-feira que não deixasse a confusão de Lisboa para se refugiar no «seu» mundo onde convivia paredes meias com as pinturas rupestres e gente de cepa garantida.

Às onze e trinta estava tudo preparado. A «moamba» marinava nos tachos, o campo de ténis transformava-se num gigantesco restaurante e o comandante preparava-se para receber os passageiros que marcaram uma viagem que não esquecia. A viagem, reconhece, que mais gostou de fazer, não só porque se sentiu útil para tanta gente que precisava e, verdade seja dita, porque foi a única vez que teve necessidade de «violar» todas as normas de segurança de um voo, o que lhe deu um gozo especial.

Nunca mais se esquece: seis pessoas no *cockpit*, gente nos quartos de banho, cinco pessoas em quatro lugares, desvio de rota para evitar turbulências a passageiros que já viajavam de forma desconfortável, o optimismo de José António, a incursão ao bairro de Alvalade para ir buscar Irene, a mulher de um amigo.

Irene foi a primeira a chegar, ela que acabou por ser o motivo daquele reencontro. Estava prestes a partir para Luanda. Estava feliz como nunca, mais uma semana e voltava à sua terra de sempre.

Definitivamente as coisas não tinham corrido bem para Irene em Portugal. Nunca conseguiu resolver o conflito que tinha dentro de si, achou sempre que devia ter ficado em Angola. Um conflito que alastrou ao marido, Raul, homem mais resignado que fixou a família em Castelo Branco, arranjou emprego num banco e nunca mais ambicionou nada na vida. Irene conseguiu ficar como enfermeira no centro de saúde. Enquanto os filhos cresceram e andaram na escola suportou estoicamente o frio daquela região, mas o seu desinteresse agravava-se de dia para dia à medida que o tempo corria.

Quando os filhos foram estudar para a Universidade em Lisboa ficou sozinha. O marido Raul fazia a sua vida, ela estar ou não era indiferente, e decidiu que tinha de mudar o rumo das coisas. Pediu transferência para o Hospital de Santa Maria em Lisboa e no dia em que teve a carta de aprovação chegou a casa e foi directa ao assunto: «Raul, vou trabalhar para Lisboa. Acho que a nossa relação já não faz sentido.»

Raul não reagiu. No fundo já sabia. Não era grande novidade. Ele próprio abdicara de se interessar por tudo o que dissesse respeito à mulher. Ficou sozinho em Castelo Branco. Irene rumou a Lisboa onde estavam os filhos. Estava na capital há três anos, mas a sua ida para Lisboa teve sempre um objectivo implícito: regressar a Angola.

Depois de muitas cartas e algumas passagens pela Embaixada de Angola, em Lisboa, conseguiu o que queria. Foi convidada a regressar e a colaborar na reconstrução do país. Ofereciam-lhe o regresso ao mesmo hospital militar onde tinha trabalhado, que lutava com falta de pessoal especializado para tratar os muitos «estropiados» da sangrenta guerra que dizimava o país.

Com algum receio informou os filhos mas logo foi surpreendida com tanto apoio e solidariedade.

– Mãe, não hesites. Vai à procura do teu sonho. Nós já organizámos a nossa vida e ficamos bem.

29.

(Fotografia cedida ao autor)

O dia 21 de Outubro de 1995 ficou marcado por inesquecíveis emoções. Vinte anos depois juntavam-se ali duzentas e oitenta pessoas. Verificavam-se poucas ausências. No meio de tanta confusão e tamanha emoção o comandante Afonso deu as boas-vindas a todos. Com a voz embargada falou dos motivos daquele almoço, da despedida de Irene, mas sobretudo da importância de estarem ali, todos juntos. Queria que todos vivessem aquele dia como um «hino» à vida, à tenacidade e à determinação que todos eles representavam depois de terem deixado para trás um sonho e terem conseguido construir um outro igual ou melhor.

O comandante não se queria alongar muito: o momento não era para grandes discursos, mas sim para todos conversarem, verem-se, abraçarem-se e degustarem uma monumental «moamba» para recordarem os tempos de África.

Apenas um apelo: «Que este seja o primeiro de muitos outros encontros. Que todos passem de mão em mão uma folha onde devem deixar os contactos para que no próximo ano e nos seguintes possamos repetir este tipo de reuniões. A vida só faz sentido assim: partilhando.»

Irene aproveitou a atenção da plateia para anunciar a todos que estava de regresso à sua terra natal o que foi assinalado com uma enorme salva de palmas. E quis dizer a todos que se um dia regressassem a Angola, ela estaria lá de braços abertos para recebê-los e ajudá-los no que fosse preciso.

Terminou de forma emocionada dizendo:

– Amigos, gente da minha terra, vou cumprir o meu sonho de sempre. Viver e morrer na minha terra.

A partir dali tudo foi emoção, partilha, vivências, recordações de Angola, de sítios, cidades, locais, momentos, dos que se lembravam da cara de uns no avião e dos que já não se recordavam com quem tinham partilhado os lugares e aquele sofrimento. Tinham passado vinte anos e a lei inexorável da vida pesava sobre a maioria. Um número infindável de trocas de experiências, de contactos, de histórias de vida, inundaram aquela tarde.

Francisco Martins era dos mais cumprimentados. O jovem que vinha no avião com os pais e a irmã e estudava Economia era agora uma das caras conhecidas do país. Quando chegaram, fixaram-se no Algarve, viviam com algumas dificuldades que se agravaram quando meio ano depois o pai morreu com cancro. Ficou sozinho com a mãe sem trabalhar e a irmã que, três meses depois, com apenas dezanove anos engravidou de um jovem que nunca mais ninguém viu. Francisco estudava e estava prestes a licenciar-se em Economia. Viu-se de repente sem pai, com a mãe desempregada e a irmã grávida. Sem outra solução foi obrigado a ir trabalhar.

Arranjou emprego numa grande empresa de *rent-a-car* em Faro e acumulou o trabalho com os estudos. Ia a Lisboa fazer exames e frequências. Mesmo assim conseguiu ser o melhor do seu curso. Com notas a rondar os dezanove, rapidamente foi convidado a integrar os quadros de um dos maiores bancos do país. E daí para o «estrelato» foi um ápice.

Certo dia foi preciso alguém para ir à televisão explicar o novo sistema de crédito à habitação. Francisco Martins saiu-se bem. Tinha presença, explicava-se bem, e tinha opinião própria. Ficaram com o contacto dele para sempre que precisassem que fosse lá falar sobre assuntos de Economia, difíceis de explicar ao grande público. Tornou-se uma das referências obrigatórias na área da Economia. Era o elemento mais conhecido daquele almoço, ou não fosse uma cara da televisão.

– Joana! Está boa?

– Olá. Como vai? Tem de me recordar que eu já não me lembro de si. Era tanta gente.

– Eu desmaiei no avião, lembra-se? Sou a Lúcia.

– D. Lúcia. Claro que me lembro. Viajava com os seus dois filhos. Foi o doutor Carlos Jorge que a reanimou. Que é feito? Está com óptimo aspecto, toda jovem.

– Está tudo bem. O meu marido veio só três meses depois. O meu pai (lembra-se que tinham ficado lá os dois) não quis regressar e acabou por morrer lá, na terra que ele amava. Estamos bem. Não nos podemos queixar da vida que temos tido. Os meus filhos já estão na faculdade. O meu marido tem umas quintas de produção de vinho. Enfim, vamos levando a vida. E este almoço tem sido uma emoção.

Francisco e Teresa ouviam a conversa e questionaram-se sobre o paradeiro de Cherne Kondé.

– Lembram-se – disse Francisco –, eu, vocês as duas, o Cherne e um José Coimbra viemos muito tempo a conversar na parte de trás do avião.

– O José Coimbra anda aí.

– Ai sim? Gostava de saber dele.

Teresa foi de imediato procurá-lo.

Coimbra era dos mais exultantes daquele almoço. Falava com todos, emocionava-se. Teresa lá o retirou de um grupo e levou-o ao encontro de Francisco Martins.

– Conhece-o?

– Da televisão, sim. Mas não estou a ver quem é o «passageiro».

Joana reavivou-lhe a memória:

– O Francisco. Viemos muito tempo a conversar.

– É claro. Lembro-me perfeitamente. Estás diferente. Também eras um «puto» naquela altura. Dá cá um abraço.

Tal como no dia da viagem em que Coimbra falou largo tempo porque a tensão e o sistema nervoso não lhe permitiam permanecer calado, agora era a emoção e a satisfação que o faziam desfiar o novelo da sua vida.

– Então, e como lhe correu a vida? – perguntou o Francisco.

– Eu voltei a Angola, três semanas depois daquela viagem e ainda estive lá um ano. Resisti muito, mas ao fim de um ano não dava mais para ficar. A família estava toda cá. E por lá as coisas estavam cada vez mais perigosas. Os primeiros tempos cá não foram fáceis. Eu nunca recebi um tostão do Estado, nem sequer do bilhete da passagem aérea. Quando fui levantar os 5000$00 que me seriam dados em troca da entrega do bilhete, foi-me dito que o dinheiro havia acabado e eu fiquei completamente desamparado. Fui inscrever-me nos serviços estatais para ter um emprego e baixaram-me logo de escalão, apesar de eu ter estado lá um ano a trabalhar após a independência, o que, segundo me foi dito e prometido, me daria logo direito a trabalho com o mesmo salário que em Angola. Acabei por estar um ano à espera de trabalho e depois baixaram-me de letra – contava magoado Coimbra com o tratamento que deram aos portugueses oriundos das colónias. – Afinal não tive direito a nada e vim para uma terra estranha, que não conhecia e para a qual fui obrigado a regressar.

Refazer a vida não foi tarefa fácil e houve muitas coisas novas às quais ele e a família tiveram de se adaptar.

– Fui para o Porto e custou-me muito. Eu estava habituado a quilómetros e quilómetros e aqui tinha metros, poucos metros para viver. A água do mar quentinha, o clima quente, o sol brilhante todas as manhãs ao abrir a janela. Aqui é tudo ao contrário. O clima frio, as pessoas sempre desconfiadas. Tudo o que havia na altura de mal era culpa dos retornados e tratavam-nos com desdém.

Mas a imagem de uma Angola próspera vive apenas no baú das memórias. Há três anos, Coimbra tinha voltado à terra que o vira nascer e o que encontrara deixara-o desiludido.

– Agora há muitos portugueses a ir para lá, porque agora é que começou a verdadeira colonização. Chegaram a oferecer-me um emprego lá, em que ganhava seiscentos contos e tinha tudo, o que daria mais de mil contos por mês. Os estrangeiros que lá estão, vivem em condomínios fechados, com piscina e restaurantes, totalmente isolados do resto. Os angolanos que se desenrasquem, porque aos portugueses não lhes falta nada – denuncia Coimbra – Agora é que Angola está a ser explorada.

Mais uma vez a história repetia-se. Joana, Teresa e Francisco, ali os três a ouvirem os desabafos de Coimbra. Como há vinte anos naquele voo. Só faltava ali Cherne Kondé.

Armando Dinis falava animadamente com um grupo onde estava o comandante Afonso Rosa.

– Quando precisarem de frangos, avisem que eu arranjo – dizia Armando que, depois de regressar definitivamente a Portugal, montou com os dinheiros que recebeu do IARN um aviário em Ponte Fora. O negócio cresceu e prosperou e Armando acumulava esta sua actividade com a profissão que desempenhava em Espinho no Banco Pinto e Sottomayor, o mesmo onde trabalhara em Sá da Bandeira. A mulher Manuela também arranjou um emprego numa empresa de vinhos. O filho Pedro trabalha numa empresa de informática e Hugo ainda estuda.

– Nunca mais vou a Angola. Nasci lá, cumpri lá serviço militar, vivi e casei lá, mas destruíram aquilo tudo. Eu nunca mais regresso a Angola. Quero ter para sempre a imagem dos anos que lá passei.

Perspectiva diferente tinha José Carlos que deixara uma empresa de tecidos inteirinha em Luanda. Fixou-se no Vale do Ave, em Santo Tirso, e voltou a desenvolver o negócio do têxtil. Também prosperou e, em 1990, decidiu ir a Angola para ver se seria possível alargar a empresa àquele mercado. Foi ao encontro do seu fiel empregado, o Anastácio que entretanto se tinha apropriado da casa onde a família de José Carlos morava.

A fábrica estava abandonada e o José Carlos propôs a Anastácio reactivar a empresa. Ele ficava à frente do negócio e o José Carlos ia dando apoio com idas de dois em dois meses a Luanda. O negócio estava a crescer desde há cinco anos e era o que lhe permitia ultrapassar a crise do têxtil em Portugal com alguma facilidade.

Quando ao fim da tarde, aos poucos e poucos as pessoas se foram retirando e a luz do dia foi baixando, havia três pessoas que resistiam a partir, sem conseguir disfarçar a enorme felicidade que sentiam em estar ali. O comandante Afonso e as hospedeiras Joana e Teresa tinham sido os mais requisitados pelos presentes que não esqueceram a forma como foram tratados durante aquele difícil voo.

Joana não disfarçava alguma amargura. Enquanto ia falando com todos os passageiros que estavam naquela reunião, fazia os olhos esvoaçar pela multidão à procura do doutor Carlos Jorge. Ainda pensou que talvez os anos o tivessem modificado a ponto de não o reconhecer. Mas não, o doutor Carlos Jorge e a mulher Ana Maria não tinham ido àquele encontro.

– Talvez não tivessem visto o anúncio. É bem possível – concluiu o comandante.

Teresa lembrou-se de outra ausência: a de Cherne Kondé, o rapaz que vinha de Benguela apenas com o violão na mão.

– Nunca me esquecerei da música que ele cantou quando estávamos já a descer para Lisboa. Foi tão encantador. Conseguiu encantar o avião. Foi pena não ter vindo. Que será feito dele?

O comandante justificou ainda a ausência de António Sousa.

– É um dos homens mais poderosos do país. Lembram-se de ter dito que não chorava nada e que não desperdiçava energias a carpir mágoas? Pois não chorou mesmo. É um dos mais influentes banqueiros do país. Acumulou outra vez uma fortuna.

Com olho para o negócio, António emprega hoje milhares de pessoas, sendo dono de um banco. «Quem faz dinheiro dificilmente evita uma história qualquer», garantia quando o confrontavam com algumas propaladas habilidades rumo ao sucesso.

Tem casa perto de Lisboa e colecciona automóveis de grande gabarito.

– Foi simpático. Telefonou-me muito desiludido por não poder vir mas ia estar este fim-de-semana numa conferência no estrangeiro sobre estratégias bancárias. Às vezes ainda vou tomar um café com ele, mas agora mais raramente. Garantiu-me que da próxima vez não falta.

– No próximo ano vão ver que vem mais gente. Eles vão divulgar este almoço e para o ano vamos ser ainda mais. Foi um dos dias mais felizes da minha vida. Valeu a pena este esforço todo – rematava o comandante sentado num campo de ténis repleto de cadeiras vazias.

A eles juntou-se Fernando, proprietário do Colina Verde que com o cozinheiro Miro e com o também sócio Mário tinham trabalhado no duro para não defraudarem a organização do amigo Afonso Rosa.

Trazia uma garrafa de Medronho na mão e seis cálices.

– Isto é para comemorarmos este almoço que deu muito trabalho mas que, tenho a certeza, ficará gravado nas vossas memórias. – O Miro veio da cozinha brindar e Mário deixou as arrumações.

A noite estava a cair.

O comandante ainda regressava a Lisboa daí a pouco, pois tinha a mulher em casa doente com gripe. Joana e Teresa iam ficar a descansar no Algarve das emoções de um dia intenso e aproveitar para recarregar baterias. Foi o que fizeram. Nesse domingo, Joana e Teresa dedicaram-se por inteiro ao descanso e à boa gastronomia. Na Praia Grande, estenderam-se manhã cedo ao sol, fizeram intervalos dentro de água e à hora de almoço sentaram-se no restaurante preferido de Teresa: a Barraca do Senhor Carlos.

– Come-se aqui o melhor peixe do Algarve. Passo aqui muitos dias das minhas férias. Não há praia como esta no Algarve, nem peixe como o do senhor Carlos. E o pôr-do-sol, aqui mesmo, é único – disse Teresa.

Contudo depois de um domingo inteiro sem fazerem nada e com Joana estranhamente nostálgica e de alguma forma desiludida por não se ter reencontrado com Carlos Jorge, resolveram voltar a Lisboa no final da tarde de domingo.

– Não aguento mais esta solidão de fim de tarde de domingo do Algarve. Parece que foi tudo embora. Vamos também. Assim já dormimos em casa e amanhã acordamos descansadas.

Teresa concordou. Tinha estado o dia todo a falar com a amiga sobre o almoço do dia anterior, dos reencontros, das emoções e, claro, do doutor Carlos Jorge. Não se atreveu a fazer Joana admitir que tinha saudades dele, mas sempre lhe foi dizendo para fazer uma pesquisa e tentar saber o que fazia ele hoje em dia. Nem que falasse para os hospitais todos do país.

– És louca – disse-lhe Joana. – Vamos embora.

30.

MAIO DE 2002

Joana vagueava pelas ruas do Porto. Adorava a cidade que passara a conhecer melhor desde que o irmão tinha casado e fixado residência aí.

O afilhado exigia a presença de Joana que «morria» de saudades daquele que considerava também seu filho. Como o via tão poucas vezes, enchia-o de brinquedos e roupas originais que ia trazendo dos vários cantos que visitava em trabalho. O irmão e a cunhada não achavam piada a tantos mimos: «Estás a estragar o miúdo é o que é!» – mas ela não queria saber disso. Era a maneira que tinha de o compensar por tão prolongadas ausências.

Nesse dia andava pela Rua de Santa Catarina. Já tinha descido os Clérigos, atravessado a Praça Humberto Delgado, subido a Passos Manuel, seguindo agora por Santa Catarina e ainda ia descer a Rua Sá da Bandeira. Um autêntico passeio por um centro comercial ao ar livre, assim consideram muitos a Baixa do Porto.

Por muito que viajasse, era no Porto que gostava de fazer compras. Tinha aproveitado muito bem os dois dias. O museu de Serralves, o parque da cidade, almoços na Ribeira, café da manhã na Foz e à noite espectáculos.

Era o último dia de folga de Joana. Ia aproveitar para assistir no Coliseu ao concerto de um dos seus músicos preferidos: Rui Veloso. Mas por enquanto calcorreava Santa Catarina com o Henrique a dar-lhe conta de que começavam a doer-lhe as pernas de tanto andar. Sentou-se então na esplanada do Majestic, um dos mais emblemáticos locais da cidade do Porto, onde muitos escritores e intelectuais marcaram a história e a vida da cidade, a beber um chá com *scones* enquanto o afilhado devorava uma Coca-Cola.

Ouviu o telemóvel tocar. Atendeu. Era a mãe.

– Liga-me que estou a falar de casa e isto para telemóveis fica muito caro – disse a mãe Esmeralda, mulher educada segundo as rígidas regras de orçamentos apertados e bem geridos.

Joana devolveu a chamada.

– Olá mãe. Algum problema?

– Não. Ainda estás no Porto? Como está o meu neto?

– Bem. Está aqui ao meu lado. Estamos a lanchar num café aqui da Baixa. Anda todo contente. Está forte e crescido.

– E tu, como te sentes?

– Estou bem. Quando estou no Porto estou sempre bem. Gosto muito disto e tenho pena de não vir cá mais vezes. Mas porque é que está a ligar?

– Para te lembrar que amanhã é dia 22 de Maio.

– E depois?

– E depois!? Andas muito esquecida. Se bem me lembro, faz 49 anos que nasceste.

– Ah, pois é. Nunca mais me lembrava. Tenho andado aqui tão distraída que nem me lembrava disso.

– Queres vir cá jantar que te faço um bolinho?

– Adorava, mãe. Mas não posso. Amanhã tenho viagem marcada para Nova Iorque às onze e quarenta e cinco. Só regresso na sexta-feira. Guarde para sábado que já cá estou.

– Olha que pena. Mas está bem, fica para sábado. Se quiseres convidar alguns amigos e amigas, avisa que te faço um belo jantar.

– Não, mãe. Não estou com disposição para festejar nada. Quarenta e nove anos é uma idade que não tem interesse nenhum. Ainda por cima vou ficar a um ano do meio século. O melhor mesmo é este aniversário passar despercebido. Vou eu e digo à Carla. Se ela estiver cá, convido-a. Sábado aí estarei.

228

Os últimos sete anos de Joana tinham sido salpicados por três relações esporádicas. Uma com um administrador de uma empresa telefónica que frequentava o mesmo ginásio e que ainda durou dois anos. Era mais um companheiro que ela gostava de ter nos dias em que passava por Lisboa. Gostava de sair à noite, de divertir-se e sentia-se confortável ao lado dele. Ele era, pode dizer-se, um tipo porreiro, que não a chateava e não se chateava com nada. Nunca se apaixonou porque já estava vacinada e não queria passar pelo mesmo momento terrível que passou com Manuel António. Tudo acabou quando ele foi convidado para desenvolver e liderar os projectos da empresa no Brasil. A distância afastou-os e nunca mais o viu.

O outro caso foi com um homem do Porto. Tinha-o conhecido durante uma viagem a Madrid. Ele ia como passageiro no mesmo avião onde Joana estava de serviço. Ele era comerciante de automóveis e no meio da conversa Joana falou-lhe da paixão que tinha por um carro que já não existia: um Fiat 500 antigo, um clássico que adorava e que há muito perseguia. Ele tinha esse carro. Amarelo. A cor preferida dela. Ele deixou-lhe um cartão, ela deixou-lhe o *mail*. Chamava-se Miguel e era daqueles homens que caía facilmente no agrado de toda a gente: divertido, simpático, bom conversador. Era coleccionador de relógios e usava-os sempre a condizer com a roupa, mesmo que não tivessem bateria e os ponteiros estivessem parados pela falta de uso; desde que fossem da cor da camisola que trazia, não fazia mal. Onde entrava, sentia-se o cheiro intenso dos muitos perfumes que usava. Andava sempre com um frasco de perfume atrás dele.

Ela nem sabia o erro que tinha cometido ao deixar-lhe o *mail*. Fascinava-se facilmente com mulheres e nunca mais a largou. A ironia fácil e o poder de convencimento que tinha através de uma linguagem, às vezes, «desabrida», levou-a a imaginar coisas até aí impensáveis. Durou pouco tempo a resistir aos ataques incessantes dele: foram seis meses de loucura total. Era a primeira vez que encontrava alguém que a levava a conhecer a inexistência de limites numa relação. Não havia compromissos, ele estava no Porto, ela em Lisboa, por isso tudo era esporádico. Quando dava, dava. E era uma loucura total.

Tudo terminou ao fim de seis meses. Joana começava a querer algo mais estável, a exigir dele alguma assiduidade o que lhe começou a dificultar a vida. Até que Joana percebeu que Miguel Fonseca seguia uma velha máxima de Carlos Gardel: «Dar exclusividade a uma mulher é faltar ao respeito às outras.»

Daquela relação sobrou uma boa amizade e um carro novo. O Fiat 500 amarelo, uma paixão de sempre de Joana.

Dois meses depois o terceiro «caso». Numa saída ao Bairro Alto encontrou um ex-colega de curso. Estiveram toda a noite a conversar e acharam piada organizar um jantar que reunisse todos os ex-colegas daquele ano do curso de Direito. Essa azáfama da organização do jantar aproximou-os. Tiveram um caso mais amoroso que sexual. Talvez por isso tivesse durado apenas três meses. O Tiago tinha uma vida muito ocupada, no escritório de advogados onde trabalhava. Entrava cedo, saía tarde e estava sempre muito cansado. A par disso ainda escrevia livros técnicos sobre Direito o que, às vezes, lhe ocupava a noite toda. Tranquilamente «mandou-o à fava».

Não havia príncipe-encantado que lhe caísse na sopa e há muito que tinha interiorizado que ia ficar para tia.

O trabalho e o ginásio e ainda as idas ao Porto para ver o afilhado eram por agora os momentos mais «picantes» na vida de Joana. Descontando, claro, o facto de continuar apaixonada pela profissão que abraçara aos vinte e dois anos. Voar, viajar e a TAP eram paixões que tinha a certeza de que nunca a trairiam e às quais pensava manter-se fiel até ao fim da vida. E quando a vida amorosa não lhe corria bem lembrava-se sempre do que lhe disse o passageiro António Sousa naquela viagem entre Luanda e Lisboa: «Carpir mágoas sobre o passado é desperdiçar energias para encarar o futuro.» Por isso nunca se queixava e olhava sempre em frente. Quem sabe um dia...

Nesse jantar que organizou para reunir todos os ex-colegas de curso, um deles chegou mesmo a dizer-lhe:

— Custa-me a acreditar como ainda estás solteira e não tens filhos. Tu eras a mulher mais bonita daquele curso. Não havia homem que não ficasse a olhar para ti quando chegavas à faculdade ou entravas atrasada na sala. Eu mesmo tive um fraquinho por ti.

– Foi pena não teres dito nada. Se calhar hoje vias-me casada e com filhos teus – disse-lhe na brincadeira.

– Tu não deixavas que te dissessem nada. Criaste um muro à tua volta que ninguém se atrevia a trepar. Foi o que me aconteceu. Mas fui muitas vezes para casa a pensar em ti. Agora todas as nossas ex-colegas estão casadas e tu não. É incrível.

Joana deu-lhe um beijo na cara e disse-lhe baixinho ao ouvido:

– Se calhar foi o melhor que me aconteceu. Já reparaste que noventa por cento das nossas colegas já vão no segundo casamento. Se calhar não foi boa ideia casarem. Já viste os trabalhos que evitei. A esta hora estava eu a tratar dos nossos filhos e tu a gozares a vida com outra.

O Gabriel deu uma tremenda gargalhada. Na mesa toda quiseram saber o que ela lhe tinha dito, mas ele não se descoseu.

Limitou-se apenas a dizer:

– Esta mulher não muda.

31.

(Corbis/VMI)

Às treze horas do dia seguinte, terça-feira, Joana já estava no avião em direcção a Nova Iorque, a chefiar o restante pessoal assistente de bordo, como chefe de cabina.

Tinha acabado de dar ordens para se começar a servir o almoço. Ela e Vítor estavam de serviço à classe executiva, onde apenas dez passageiros ocupavam os lugares de um espaço com capacidade para dezasseis pessoas. Mais trabalho tinham os outros colegas, pois a classe económica estava repleta.

Era uma viagem tranquila para Joana. Depois de terem distribuído o menu de refeição para os passageiros escolherem o que queriam comer, começaram a servir o almoço.

As opções de refeição eram três: dois pratos típicos portugueses, bacalhau à Brás e cozido à portuguesa. Para quem não gostasse, um prego em prato com batatas, arroz branco e ovo estrelado.

Enquanto, Joana servia bacalhau à Brás ao passageiro do lado direito, o seu colega Vítor perguntava qual dos outros dois tinha pedido o bife no prato.

– Fui eu – respondeu o passageiro colocado na primeira cadeira.

Vítor pousou o prato na mesa acoplada às traseiras do banco da frente. Quando se preparava para afastar o carrinho, o passageiro que tinha pedido o bife no prato fez mais uma solicitação:

– Faça-me só um favor. Traga-me um pacote de açúcar.

Vítor franziu os olhos e perguntou:

– Mas quer já o café?

– Não, é para pôr por cima do ovo.

Joana, que ainda estava de costas a servir uma cerveja a um dos passageiros, sentiu de repente um arrepio pelo corpo todo. Lembrou-se imediatamente da música que mais gostava de Rui Veloso: «Saiu para rua.» A letra dessa música, que desde o concerto da noite anterior não lhe tinha saído da cabeça e que cantarolava a toda a hora, era a imagem rigorosa do que estava a sentir naquele momento: «Saiu para a rua, insegura/ vagueou, sem direcção/ sorriu a um homem, com tremura/ e sentiu, escorrer, do coração...»

Pousou a lata de cerveja e virou-se ainda a sentir que as forças nas pernas lhe iam faltar.

– Desculpe... mas na minha vida de hospedeira, e já lá vão uns bons vinte e sete anos, só uma vez ouvi alguém pedir um ovo com açúcar. Por acaso não estou diante do doutor Carlos Jorge?

O passageiro olhou, fez um silêncio que parecia interminável. E antes de responder, com alguma dificuldade porque a mesa não lhe dava muito espaço, levantou-se enviesadamente para não entornar a comida. Já de pé, como um autêntico cavalheiro, pegou na mão da hospedeira, beijou-a nos dedos e, com aquela voz timbrada e firme que ainda não tinha perdido, respondeu:

– Doutor não, querida Joana. Carlos Jorge. Eu próprio. Há quantos anos espero por este momento. Continua linda de morrer!

Vinte e sete anos depois, de novo dentro de um avião, Joana percebia finalmente o mistério que este homem encerrava para ela e que não tinha conseguido descobrir: tinha-lhe batido forte no coração. Se ele, naquele tempo, viajasse sozinho e fosse solteiro tinha a certeza de que estava perante um caso de amor à primeira vista.

Joana ficou com os olhos inundados. Sentia-se tremer por todos os lados. Olhava-o nos olhos e estava lá tudo: os olhos profundos, pestanas carregadas mas brancas, uma cara límpida, agora aqui e ali com uns riscos de rugas que não escondiam os

anos que tinham passado. Nos olhos e na voz a elegância e serenidade que a tinham tocado profundamente.

O impasse mantinha-se. Joana não conseguia exprimir-se porque não lhe ocorria nenhuma frase que conseguisse articular. Carlos Jorge estava a olhar para ela, agora com uma mão na mão
dela e a outra a enxugar-lhe suavemente as lágrimas que teima-
vam em cair.

Naqueles curtos instantes vieram-lhe à memória os vinte e sete
anos que mediaram entre aquela viagem de Luanda para Lisboa
e esta que agora estava a começar para Nova Iorque para con-
cluir que, muito provavelmente, nunca se casou nem deixou que
o seu coração fosse ocupado por alguém por causa do olhar fulminante e sereno do doutor Carlos Jorge, que desde a primeira
hora a fascinou de tal maneira que nunca mais o esqueceu.

Os passageiros tentavam meter os olhos no prato e comiam
para darem a entender que não estavam interessados no que estavam a presenciar. Mas na verdade estavam. Um deles, norte-
-americano, até levantou o copo como que a fazer um brinde
àquele reencontro.

Vítor, colega de Joana, ainda ali ficou à espera de ver como
aquilo terminava, mas quando viu Joana emocionada, muito lentamente empurrou o carrinho da comida com as duas mãos e foi-
-se afastando «como quem não quer a coisa».

– Doutor Carlos, nem imagina como estou contente por o ver.
Para lhe ser sincera eu também esperei muitos anos por este
momento.

– Então em nome dessa ausência ansiosamente vivida por
ambos, faça-me um favor, não me trate por doutor, apenas por
Carlos. Já não faz sentido na nossa idade.

Carlos estava agora com cinquenta e quatro anos e ela com
quarenta e nove. Fazia nesse dia precisamente quarenta e nove
anos e ainda ninguém tinha dado conta. Nem os colegas, nem o
comandante ou o co-piloto do avião.

– Conte-me como está. A sua esposa, Ana Maria julgo que era
assim que se chamava. E os seus filhos devem estar enormes. Que
é feito deles?

– Os meus filhos já estão encarreirados e vivem fora de Portugal. O André tem agora trinta e dois e está em Madrid e a Mariana com vinte e sete reside em Bruxelas.

– E sua esposa, como está ela?

Com uma mudança de semblante e uma voz de repente meio trémula Carlos lá respondeu:

– A minha esposa já descansa em paz. Morreu há sete anos. Foi muito doloroso até pelas circunstâncias. Mas a vida é assim. E você, que tem feito? – logo perguntou Carlos para desviar um assunto que não era de todo agradável para ser abordado ali naquele sítio ao pormenor com muita gente a ouvir.

– Lamento muito por ela. Eu só estou mais velha. De resto tudo igual. Moro em Lisboa, continuo nesta vida que adoro, a viajar e… «fiquei para tia» – comenta já mais desanuviada e a sorrir. – Tenho um sobrinho maravilhoso, filho do meu irmão. Ele e a minha profissão são as minhas paixões. Mas tudo corre bem graças a Deus. – E o doutor o que faz neste «meu» avião?

– Vou a um congresso a Nova Iorque. Vou estar lá três dias e regresso neste mesmo avião.

Ainda que sem se expressar em voz alta, Joana ficou ainda mais feliz: «Que bom, ele vai e regressa no mesmo avião.»

Joana estava em pleno serviço de refeição. Nem deram conta de que Carlos tinha deixado a comida no prato a arrefecer.

– Carlos, sente-se e almoce. Olhe que o seu ovo com açúcar – tenho falado disso a tanta gente – está a ficar frio. Vou trocar-lhe o prato e trazer uma refeição mais quentinha.

– Não há necessidade. Deixe estar. Ainda está morna. Eu como bem assim. Não se incomode. Continue com o seu serviço que eu interrompi. Ainda vamos ter tempo para falar. Temos muito que falar – disse-lhe Carlos que de novo de forma enviesada voltou a sentar-se.

Joana foi rapidamente ao quarto de banho, mesmo ali à frente, recompor-se. Quando fechou a porta olhou-se no espelho. Fazia quarenta e nove anos e sentia-se como uma verdadeira adolescente. Estava ali, no mesmo avião, o homem por quem sempre esperou. Um bocado de pó-de-arroz, um rímel, um jeito no cabelo com as mãos e estava de novo pronta a retomar o serviço com a simpatia que lhe era peculiar. Agora com um sorriso ainda mais rasgado. Sentia no corpo uma felicidade que há muito desconhecia.

A viagem corria com outro sabor. Depois de servido o café e umas bebidas digestivas, Joana aproveitou para descansar um pouco das emoções. Sentou-se na cadeira que está encostada à entrada da porta da frente.

Os passageiros bebiam descontraidamente um Porto ou um uísque enquanto conversavam. Joana, sentada de frente para eles, voltava a fixar os olhos em Carlos Jorge como há vinte e sete anos.

Aquele homem mexia com ela. Sentia que qualquer coisa podia mudar na sua vida, mas também ainda não tinha conseguido perceber que rumo tinha ele dado à vida depois da morte da mulher.

32.

(Arquivo particular de António Barbosa)

Já a viagem para Nova Iorque ia longa, a estátua da Liberdade apresentava-se a hora e meia de distância, sem contar com o tempo que previsivelmente o avião iria andar a sobrevoar a cidade à espera de ordem para aterrar quando o comandante Arménio pediu a Joana que chamasse todos os assistentes de bordo para junto da entrada do *cockpit*.

– Passa-se alguma coisa, comandante?

– Não, quero apenas dar uma palavra a todos.

Joana não fez mais perguntas. Ficou apreensiva. Pensou de imediato numa avaria técnica ou algum problema com o avião que inspirasse cuidados na aterragem. Passou-lhe tudo pela cabeça durante aqueles dois minutos que demorou a chamar todos os colegas para se concentrarem junto ao *cockpit*, no *hall* de entrada do avião, na parte da frente.

– Já estamos cá todos, comandante.

Os passageiros que viajavam em classe executiva também não estavam a perceber aquele movimento. Da «económica» ninguém via nada porque a cortina que separa as duas classes estava corrida.

O comandante Arménio deixou o avião entregue ao co-piloto e surpreendentemente saiu do *cockpit* com um bolo de chocolate na mão e duas velas, com os números quatro e nove inscritos.

– Não queria deixar passar este momento sem felicitar a nossa chefe de cabina por mais um aniversário, o quadragésimo nono. Em tom baixo, vamos cantar os parabéns.

Esse motivo e muitos outros levavam Joana a gostar tanto da profissão por que tinha optado. A solidariedade e a amizade são coisas feitas com muitos anos de voos, de viagens, estadias e milhares de horas passadas com colegas de profissão.

O comandante Arménio entendeu que aquele momento devia ser assinalado dentro de um avião e não num jantar qualquer, porque Joana era uma das hospedeiras que mais merecia aquela homenagem. Não havia ninguém na companhia que não gostasse de ter a simpatia e o profissionalismo de Joana na sua tripulação.

Com a voz embargada, até envergonhada com os passageiros da classe executiva que se juntaram espontaneamente à comemoração, apagou as velas e cumprimentou com um efusivo abraço todos os colegas. Recebeu de cada um dos passageiros os parabéns e distribuiu uma taça de champanhe e uma fatia de bolo por todos.

– Obrigada. Estou muito feliz por se terem lembrado. São amigos como vocês que me fazem sentir muito orgulho e prazer por trabalhar nesta empresa e nunca me cansar de vos ver à minha frente.

Nova gargalhada colectiva, uma taça de champanhe e uma fatia de bolo e nova ordem do comandante:

– Agora todos ao trabalho. Sirvam o lanche que daqui a uma hora podemos ter de iniciar a descida para Nova Iorque.

Há cerca de duas horas que Carlos Jorge ia a pensar numa maneira de convidar Joana para um jantar em Nova Iorque. Sentia-se sozinho, ia estar o dia todo na conferência e a única noite que tinha ocupada era precisamente a da véspera do regresso com um jantar de encerramento do mesmo.

Saber que Joana fazia anos foi a bóia que encontrou para resolver o seu assunto. Aproveitou uma ida ao quarto de banho para ficar ali na frente um pouco, de pé a esticar as pernas.

Quando viu que Joana estava sozinha nas arrumações dos armários de apoio, foi directo ao assunto:

– Joana, desculpe, mas não resisto. Está à vontade para me dizer que não. Mas gostava de festejar este seu aniversário e convidá-la para jantar amanhã à noite em Nova Iorque. Se estiver livre, claro.

Joana recebeu aquele convite com a mesma ansiedade de quem está à espera de ouvir da boca do namorado o convite para casar, por isso nem tempo teve para se fazer difícil. Já tinham desperdiçado muitos anos. Disse logo que sim. Um «sim» absolutamente convincente.

Deu-lhe o número de telemóvel. Carlos Jorge ia telefonar-lhe no dia seguinte para combinar todos os pormenores.

– Se por qualquer motivo a ligação por telemóvel estiver difícil ligue para o Paramout Hotel. É lá que vamos ficar – assegurou Joana para evitar qualquer contratempo com as ligações telefónicas. Não fosse ele ligar e ela não tivesse rede ou naquele momento estivesse sem bateria e deitasse fora, por causa disso, uma oportunidade soberana de estar com Carlos Jorge em Nova Iorque, longe de todos os olhares indiscretos.

O avião ainda esteve uma hora a sobrevoar Nova Iorque até ter autorização para aterrar. Tempo suficiente para Joana estar sentada muito discretamente a apreciar Carlos Jorge e a tirar-lhe todas as linhas que a tinham feito ficar fascinada por ele naquela inesquecível viagem entre Luanda e Lisboa em 1975.

Os anos tinham passado, mas ele mantinha as duas principais características que tinham despertado nela um sentimento mais forte que o da pura amizade ou, naquele tempo, solidariedade: um charme tranquilo, uma serenidade contagiante.

Quando saiu do avião, despediu-se amavelmente dela mas deixou-lhe um olhar comprometedor. Carlos Jorge era um autêntico *gentleman*. Sabia muito bem como cativar com classe.

Depois de se instalar no hotel, Carlos Jorge jantou e foi-se deitar porque o dia seguinte começava às sete e trinta. Mas custou-lhe a adormecer. Joana tinha-lhe despertado nova vida e não lhe saía da cabeça. Ligou para a recepção e perguntou se havia algum serviço que no dia seguinte pudesse enviar flores para o Paramouth Hotel.

33.

(Arquivo particular de António Barbosa)

Joana despertou às dez horas depois de uma noite descansada e bem dormida. Na véspera ainda foi com toda a tripulação festejar o aniversário. Resolveu oferecer um jantar aos oito elementos que com ela partilharam aquela viagem. Não fazia mais do que a sua obrigação visto que era a forma de retribuir a inesperada surpresa que lhe tinham feito no avião.

Avisou logo que pagava, mas ela é que escolhia o sítio e o menu. E assim foi: levou-os ao Carnegie Deli, na Rua 55 com a 7.ª Avenida. Ficaram todos a olhar uns para os outros quando perceberam que estavam num sítio onde a especialidade era sandes. Joana percebeu que não tinham ficado muito contentes mas quem escolhia era ela e não lhe podiam negar nada naquele dia em que festejava quarenta e nove primaveras.

No final todos felicitaram duplamente Joana. Pelo aniversário e pelo local da refeição. No Carnegie Deli comem-se as melhores e mais suculentas sandes do Mundo. Frank Sinatra era lá cliente.

Acordava agora para um novo dia. Quando estava a sair do banho bateram à porta. Vestiu rapidamente o roupão que estava no quarto e foi abrir. Era um empregado do hotel com um ramo de flores e um cartão. Agradeceu e de imediato quis saber quem tinha sido o autor de tal amabilidade.

Mais um colega meu a dar-me os parabéns, pensou.

Mas não. O cartão vinha assinado por Carlos Jorge. Leu em voz alta:

«No dia do seu aniversário quem recebeu a melhor prenda fui eu. Reencontrá-la encheu-me de felicidade. Parabéns. Não se esqueça, logo a partir das quatro horas, ligo-lhe. É minha convidada para jantar. Carlos Jorge, sem o doutor antes.»

Deixou-se cair na cama, beijou as flores e sentiu o coração cheio. Por ela ficava ali até às quatro da tarde agarrada às flores à espera que o telefone tocasse. Mas Nova Iorque e os seus colegas estavam à sua espera. Tinha marcado concentração às 10h30 na entrada do hotel para saírem em visita pela cidade. Joana sabia tudo sobre Nova Iorque.

Desceu ao encontro dos colegas com um sorriso de orelha a orelha.

– Vamos embora. Temos Nova Iorque aos nossos pés.

Foi um dia em cheio. Viram as principais atracções turísticas de Nova Iorque e ganharam forças no PJ Clark's, na Rua 55 com a 3.ª Avenida onde se come o melhor hambúrguer do Mundo. É uma pequena casa no meio de arranha-céus, o que dá um efeito curioso. Ainda tiveram tempo para uma visita divertida ao Museu de História Natural e para um passeio no Central Park.

Às quatro horas regressaram ao hotel e Joana engendrou uma estratégia para se ver livre deles à noite. Falou-lhes de uns primos em Newark a quem tinha prometido uma visita.

– Hoje estão livres de mim. Mas amanhã não escapam a mais uma passeata.

Às quatro e trinta, em ponto, Carlos Jorge ligou.

– Joana, vou agora ao hotel tomar um banho e às seis e trinta estou à porta do seu hotel, pode ser?

Promessa cumprida. Num táxi-limusina, Carlos Jorge parou à porta do hotel e Joana já lá estava. Deslumbrante. Tinha-se produzido como melhor se sentia para não defraudar as expectativas de Carlos Jorge.

Foi uma noite memorável num cenário único no mundo. Foram directos a Katz Delicatessen na 205 East Houston, esquina com a Ludlow. Joana foi surpreendida, porque por incrível que parecesse não conhecia este espaço.

Carlos Jorge contou-lhe que tinha sido ali no Katz que foi filmada a célebre cena cinematográfica em que Meg Ryan está a conversar com Billy Cristal e simula um orgasmo. Esta cena deu «pano para mangas» nas conversas entre Joana e Carlos. E serviu até para amenizar um pouco o ambiente depois de terem abordado o tema mais delicado do álbum de recordações daqueles vinte e sete anos: a morte da mulher de Carlos Jorge, a Ana Maria.

– Um dia a tomar banho deu conta de um caroço no seio. Foi fazer exames mas ainda esteve algum tempo à espera. Ela disse-me que já não era a primeira vez que sentia aquilo, mas não ligou e evitou falar para não nos preocupar.

Os resultados dos exames foram demolidores. O cancro já tinha metástases pela coluna e pelo pulmão. Nem chegou a ser operada. Os tratamentos, como a quimioterapia, só serviram para retardar o óbvio. Perdeu quase trinta quilos e ficou sem cabelo. Estava irreconhecível. Foram oito meses muito violentos. Por fim, caiu na cama, já sem se poder mexer e morreu ao fim de dez dias.

– Foi precisamente há sete anos e foi por causa disso que não compareci naquele jantar no Algarve que juntou todos os passageiros do nosso voo. Sabe, Joana, a minha mulher nunca foi feliz em Portugal. Tinha Angola no coração, nunca se adaptou e eu também não fui capaz de a fazer feliz. Quando morreu, senti-me muito responsabilizado. Não pela doença, mas porque podia ter feito algo mais por ela enquanto esteve viva.

A família de Carlos Jorge instalou-se em Coimbra quando regressou de Angola em 1975. Ele e a mulher foram imediatamente reintegrados nos Hospitais da Universidade daquela cidade. Ali ficaram e nunca mais saíram.

Carlos Jorge manteve-se em Coimbra a trabalhar, depois da morte da sua mulher. Mas há dois anos que faz parte de uma comissão internacional de saúde que tem por objectivo ajudar os países africanos onde milhões de pessoas morrem à fome. Por essa razão estava em Nova Iorque para ser orador num congresso sobre saúde em África.

O orgasmo simulado de Meg Ryan naquele cenário foi o mote para mudar o rumo à conversa. Joana já lhe tinha feito um breve resumo da sua vida naquele intervalo de tempo. Carlos Jorge também. Agora era altura de aproveitarem o tempo para falarem dos dois. O tempo que cada um julgava ter perdido, mas que não sentia coragem de admitir.

A noite foi longa, as cervejas também e por instantes sentiram-se dois adolescentes. Acabaram a dançar no Rockefeller Center ao som de um pedinte que magistralmente tocava trompete à espera que lhe deixassem cair umas moedas. Há muito que ambos não sentiam o doce sabor da ternura.

Quando subiu ao quarto do hotel, sozinha, depois de Carlos a ter deixado à porta, hesitou. *Vou telefonar-lhe* pensou. Carlos a caminho do seu hotel também se sentiu tentado a pegar no telemóvel e a enviar-lhe uma mensagem. Mas ambos desistiram de dar asas aos seus desejos. Provavelmente era cedo de mais. Se calhar estavam os dois a ser demasiado precipitados...

34.

(Alamy/Fotobanco)

No dia seguinte, Carlos Jorge esteve toda a manhã na sede das Nações Unidas. O congresso terminava ao meio-dia e depois ficava com a tarde livre até à hora do jantar de encerramento do congresso. A verdade é que a sua cabeça e o seu coração já não estavam dentro daquela sala. Apesar da palestra estar a ser muito interessante, entrava por um ouvido e saía por outro.

A única distracção que teve foi mesmo encontrar um colega de profissão, português, o doutor Américo que também tinha ido ao congresso. Na amena conversa e no percurso de vida que relataram de forma sucinta, um ao outro acabaram a falar de paixão de África e dos momentos que lá passaram.

– Nunca mais lá fui – disse-lhe o Carlos Jorge.

– Eu também não. Eu regressei mais cedo, ainda antes do 25 de Abril e não passei pelas mesmas dificuldades. Durante anos alimentei a ilusão de ir a Nova Lisboa, mas um amigo meu fez um vídeo da cidade na altura, que levou para Portugal e mostrou-mo. Só vi os primeiros dois minutos. Tudo destruído, tudo pilhado, do Centro de Saúde onde trabalhava só restava a fachada. E aquela bela Avenida Norton de Matos então era impressionante. Não consegui nem quis ver mais nada do filme. Preferi guardar a imagem que trouxe em 1973.

Carlos Jorge não conseguia deixar de pensar na noite anterior, em Joana, no que significava aquele reencontro. Com o telemóvel na mão, arriscou. Sentia-se sozinho, há muitos anos. Sem a mulher e com os filhos longe, sentiu que a noite anterior podia ser o primeiro dia do resto da sua vida.

«Joana, não leve a mal a minha ousadia. Mas acho que me apaixonei definitivamente por si.» Demorou a carregar na tecla para enviar aquela mensagem. Ponderou, hesitou, pensou nas probabilidades todas. No fundo tinha medo que aquela mensagem deitasse tudo a perder e que a falta de paciência dele lhe fosse fatal. Mas com cinquenta e quatro anos achou que não havia mais tempo a perder. Fosse o que Deus quisesse ou melhor o que ela quisesse.

A resposta demorou um minuto:

«Carlos Jorge, acho que me pegou esse vírus. Eu também. Profundamente apaixonada por si. Chego a pensar que só agora descobri que estou perdida pelo "senhor doutor" desde 1975, quando o vi pela primeira vez. Como podemos resolver isto?»

A resposta de Carlos Jorge não se fez esperar.

«Estou no Sheraton. Quarto 1119, no décimo primeiro andar com umas vistas fantásticas sobre Manhattan. Se for verdade o que me está a dizer, espero-a lá a partir das duas.»

Às duas em ponto Joana estava a bater-lhe à porta do quarto. Carlos Jorge abriu, Joana atirou-se para os seus braços e avisou-o:

– Nunca mais me trate por você. Sou a Joana.

E amaram-se. Como se tivessem vinte e três e vinte e oito anos. Como se estivessem no voo 233. Quando caíram, cansados, um para cada lado, sentiram que naquelas quatro horas tinham recuperado vinte e sete anos.

No dia seguinte fizeram a viagem de regresso. Como hospedeira e passageiro. Era sexta-feira. Nesse fim-de-semana Joana tinha o jantar em casa da mãe para festejar o aniversário. Mal chegou a Lisboa, telefonou à mãe Esmeralda.

– Mãe, já cheguei. O jantar de amanhã em tua casa está de pé?

– Claro. Não me digas que já não vens.

– Claro que vou. Só que mudei de ideias. Tinha-te dito que não queria grandes comemorações, mas afinal quero. Vou convidar as minhas amigas mais chegadas. Já fiz alguns convites. Somos doze. Consegues fazer jantar para todos?

– Faço tudo o que quiseres. Mas o que é que te deu para de repente resolveres festejar o teu aniversário?

– Acho que afinal quarenta e nove anos é uma boa idade para se comemorar a vida. Às sete da tarde de amanhã estou aí.

Carlos Jorge tinha trabalho à espera em Coimbra.

A semana seguinte ia ser difícil. Joana voltava a voar, agora para o Rio de Janeiro. Carlos Jorge já tinha uma viagem agendada para Bruxelas. Ia ver a filha e o neto.

Ambos concordaram que agora deviam dar uma semana de intervalo entre a euforia do reencontro e uma próxima oportunidade, para confirmarem as certezas daquela tarde vivida em Nova Iorque.

Ainda no aeroporto, Carlos Jorge convidou Joana a acompanhá-lo numa gala de entrega de prémios no Casino da Figueira da Foz marcada para o sábado da semana seguinte. Joana aceitou.

No sábado à noite juntou em casa da mãe as amigas e amigos com quem queria partilhar as suas quarenta e nove primaveras. Estava mais feliz que nunca. A mãe Esmeralda tentou várias vezes saber o que lhe tinha acontecido, mas Joana não queria fazer revelações antes do facto consumado. Mas pressentia que algo ia mudar.

Apenas à amiga Carla, numa das idas à cozinha para levar loiça, confidenciou:

– Acho que vou ter novidades para ti daqui a uma semana. Mas nem quero falar muito disso para não apanhar nenhuma desilusão. Depois conto-te tudo.

Carla não insistiu. Respeitou a decisão da amiga.

Mais uma semana de trabalho, nova viagem ao Rio de Janeiro que começou na terça com regresso na sexta e aí estava o fim-de--semana à porta.

De comboio viajou até Coimbra. Carlos Jorge esperava-a na estação. Dali foram directamente para a Figueira da Foz. Aproveitaram a noite para repetir Nova Iorque. Estava consumado: apaixonaram-se um pelo outro. Não havia espaço para dúvidas

Carlos Jorge com cinquenta e quatro anos via em Joana a mulher que o podia conduzir até ao fim dos seus dias. Joana com quarenta e nove tinha reencontrado o homem que vinte e sete anos antes lhe cravara uma seta no coração.

35.

(Fotografia cedida ao autor)

Passadeira vermelha à porta do casino da Figueira da Foz, muitos curiosos no passeio para verem o presidente da República, ministros e muitas figuras públicas que se juntavam naquela noite para uma gala de homenagem aos grandes nomes das ciências em Portugal.

Carlos Jorge e toda a equipa que compunha o painel de júris daqueles prémios faziam as honras da casa na recepção aos convidados.

Com um longo vestido vermelho e um colar vistoso, Joana chamava todas as atenções. Conhecia muitas das caras que ali estavam naquela noite. A maioria já lhe tinha passado pelo avião num número incontável de viagens.

Curioso é que todos a reconheciam, cumprimentavam-na até como se a conhecessem há muito tempo mas depois não se conseguiam lembrar bem onde já tinham visto aquela mulher imponente com olhos azuis, quase verdes, loira e que seria impossível a qualquer homem esquecer.

Carlos Jorge dividia cumprimentos e apresentações com um olhar embevecido para um sofá no lado esquerdo do *hall* de entrada do casino onde Joana aguardava serenamente que o protocolo que exige uma recepção destas terminasse.

Finalmente recolheram todos à sala principal onde ia decorrer o jantar e a gala. Joana entrou de braço dado com Carlos Jorge e sentaram-se na mesa principal. Os amigos de Carlos Jorge, médicos e companheiros de tertúlia estavam impressionados com a mudança brusca de «estado civil» de um homem que desde a morte da mulher nunca mais ninguém vira com uma companhia sequer.

Fazia uma vida pacata, dedicava-se ao trabalho e só tinha «avivado» um pouco mais nos dois últimos anos quando passou a fazer parte da comissão de saúde da ONU para África.

Mas não lhes passava pela cabeça que Carlos Jorge, algum dia, voltasse a desfrutar de uma companhia feminina. Não porque achassem que já estava fora de prazo, mas porque ele mesmo lhes tinha induzido essa ideia. A morte da mulher, sua companheira de sempre, abalou-o profundamente e desde então não tinha projectado voltar a viver com alguém.

De repente, entrava no casino de braço dado com uma mulher que mantinha uma elegância e beleza fora do comum e isso valeu-lhe ser o tema de todas as conversas nas várias mesas por onde tinha distribuídos amigos, casais mais chegados e colegas de profissão. Tal como Joana, ele tinha mantido o segredo para evitar qualquer azar que naquela semana após Nova Iorque pudesse surgir. E o azar podia simplesmente reduzir-se ao facto de Joana ter ponderado e recusado o convite para não se precipitar.

Não foi isso que aconteceu. Joana estava tão feliz quanto ele. Durante o jantar fixaram por diversas vezes o olhar. Nem ouviam as conversas à volta.

– Tenho uma surpresa para ti – disse-lhe Carlos.

– Qual? – perguntou em tom espantado Joana.

– No fim do jantar, digo-te.

– Não me vais deixar este tempo todo a sofrer!

– Vou, vou. Não insistas que é só no fim do jantar.

Sentiam-se sozinhos num jantar romântico rodeados por tanta gente. Estavam de tal maneira dedicados um ao outro que degustavam a comida da mesma forma que ouviam todas as músicas da banda residente acompanhada por uma voz surpreendente. Músicas como, «Somethin' Stupid» de Frank Sinatra, «Sentimental

Journey» de Ella Fitzgerald, «Unforgettable» de Nat King Cole, «So in Love» de Cole Porter ou «What a Wonderful World» de Louis Armstrong, músicas e nomes que o cantor percorria com uma nitidez quase perfeita. Estavam rendidos à voz daquele homem para o qual ainda não tinham olhado sequer porque não queriam perder um só minuto de cada expressão de amor que um pudesse transmitir ao outro. Mas sentiam que aquela voz lhes «avermelhava» ainda mais o coração.

Eram afinal os acordes da banda residente que entoavam pela sala do casino em dia de homenagens a figuras ímpares de uma sociedade que raramente galardoa em vida. Os distinguidos, cada um à sua dimensão e área de influência, eram celebrados com enfáticas e sublimes intervenções, na maioria dos casos sintetizadas por oradores que conheciam natural e sobejamente a obra e o perfil dos premiados. Alguns ficaram mudos pela emoção e atordoados com a importância do acto e o reconhecimento público. Outros reagiram de forma idêntica à dos apresentadores, pondo humildemente em causa o mérito das laudatórias explicações. O público ora vibrava, aplaudindo o silêncio ora ria ou lacrimejava com a sensibilidade dos eleitos, traduzida com muito humor e igual sentimento.

Carlos Jorge e Joana só tinham olhos um para o outro. Mas, o timbre límpido e calmo da voz que ecoava na sala, adaptados a uma música que nunca cansa, fez Joana pensar naquele melódico testemunho de um angolano, o principal obreiro de uma noite inesquecível, usando como arma um desconfortável, doloroso e injusto anonimato. Que rica história de vida silenciavam o piano e a voz daquele espantoso intérprete.

– Sentada ao lado administrador do casino, Joana quis saber o nome do dono daquela voz melodiosa.

– Está aqui há muitos anos. Veio de Lobito, África, e adoptou esta cidade como sua. Já teve dezenas de convites para sair, para ir à televisão e para se lançar numa carreira artística, mas nunca quis. Esta é a sua vida. Faz isto há vinte e dois anos. Noite após noite, reúne o seu quinteto aqui no casino e toca canções nostálgicas. É muito bom, não é?

– É extraordinário – reforçou Carlos Jorge. – Já o ouvi aqui muitas vezes e nunca me canso. A sua música soa-me sempre bem e a sua voz transmite-nos uma paz de espírito impressionante.

– É verdade. Mas afinal como se chama ele. É conhecido? – atalhou Joana.

– Tem um nome muito esquisito, mas é uma das melhores pessoas que conheci na vida. Chama-se Cherne Condé.

– Como? – perguntou Joana sem querer acreditar no que ouvia.

– É isso mesmo que ouviu: Cherne Condé.

Joana emocionou-se quando voltou a ouvir o nome.

– O nome dele diz-te alguma coisa, Joana? – perguntou preocupado Carlos Jorge.

– Diz-me. Diz-me muito.

Bebeu um pouco de água para reequilibrar a voz e explicou:

– Lembras-te da nossa viagem de Luanda para Lisboa em 1975. E lembras-te certamente de um rapaz de cor negra que, quando o avião já se fazia à pista, emocionou as pessoas que em silêncio o ouviram a cantar, acompanhado de um violão, uma música africana do Duo Ouro Negro.

– Lembro-me disso como se fosse hoje. «Vou na Mutamba» era o nome da música que ele cantava. Tive de olhar pela janela para o exterior para que a minha mulher não me visse a chorar.

– É ele. Cherne Condé. Estou tão emocionada.

– Quer ir dar-lhe uma palavra? – perguntou o administrador do casino.

– Quando ele acabar de cantar, com certeza que quero. Gostava muito.

Mas não esperou muito mais. Joana saiu da mesa e foi ao encontro do cantor que lhe tinha pintado a noite de amor.

– Desculpe. Posso dar-lhe um abraço? – A espontaneidade de Joana permitia-lhe estas coisas.

Cherne Condé, intimidado, parecia até ter corado. Valia-lhe a tez negra para disfarçar qualquer rubor.

– Pode.

Joana abraçou-o. Olhou para ele:

– Amigo Condé, tivemos saudades suas no almoço anual que fizemos com os passageiros do voo 233 entre Luanda e Lisboa.

– Hospedeira Joana, só pode ser você. Nunca mais me esqueci de uma cara tão bonita. Não estou a cometer nenhum erro, pois não?

– Claro que não. Sou eu mesma.

– Agora é a minha vez. Posso dar-lhe um abraço?

Alguns convidados em mesas mais próximas assistiam àquele encontro emocionado ainda que discretamente. Chamava-lhes mais a atenção a beleza arrebatadora de Joana, debaixo de um vestido vermelho que enchia o salão, do que propriamente o abraço sentido com que ambos marcavam aquele reencontro.

– Não pude ir a esse jantar, ou melhor, sinceramente não me apeteceu ir. Tinha dúvidas se queria mesmo reencontrar pessoas e lembrar-me de um momento tão triste como aquele. Depois tenho sempre trabalho aqui no casino. Não gosto de sair. Construí aqui o meu pequeno mundo e tudo o que seja abandonar esta sala faz-me hesitar.

– E o que tem feito nestes últimos vinte anos?

– Isto mesmo. Vim com o meu violão, lembra-se?, e formei uma banda completa. Fixei-me aqui. Já cá tinha a minha mãe e a minha irmã. Tive muita sorte. Dois meses depois de cá estar um dos músicos do casino foi-se embora. Já tinha entregue a minha candidatura. Chamaram-me, gostaram, aqui fiquei. Todos os outros foram indo e eu fui ficando. Hoje estou aqui a liderar isto.

– Mas ouvi dizer que já teve muitos convites. E canta lindamente. Estávamos ali na mesa fascinados com a sua voz e as suas canções.

– Vou «arranhando» algumas coisas. Tive convites, é verdade mas eu gosto desta vida e da Figueira da Foz. Daqui nunca mais saio. Nem para Angola.

– Mas vai prometer-me que no próximo almoço que me cabe a mim organizar vai estar presente. Quero fazer uma surpresa a todos. Promete?

– Está combinado. No próximo vou mesmo.

Entretanto Carlos Jorge chegou para cumprimentar Cherne Condé.

– O Carlos Jorge também vinha naquele avião. Somos amigos – apresentou Joana.

– A sua cara não me é estranha. Não me lembro de si no avião, mas conheço a sua cara.

– É natural. Eu resido em Coimbra e tenho casa aqui na Figueira. Às vezes venho jantar ao casino e já o vi muitas vezes, mas nunca me passou pela cabeça que também vinha naquele voo. Foi uma feliz coincidência num dia muito especial para nós os dois.

– São casados? – perguntou Cherne Condé de forma muito directa e sem subterfúgios.

– Não, não somos, mas eu gostava muito que fôssemos –, «atacou» surpreendentemente Carlos Jorge.

Joana quase se engasgou, mas não se deixou desarmar:

– Quem sabe talvez um dia. Por agora somos só bons amigos. Um pouco mais que isso, claro.

– Quando acabar a gala, vou actuar de novo. A primeira música é para vocês. Espero que abram a pista de dança.

– Ficamos à espera. E contamos consigo no próximo almoço. Não se esqueça que sou eu a organizar. Não imagina o prazer que tive de reencontrá-lo e saber que construiu uma vida segura e em paz.

Joana e Carlos Jorge voltaram aos lugares.

A gala estava prestes a terminar. Carlos Jorge fez o discurso de encerramento. Joana estava enfeitiçada. No palco aquele homem, alto, magro, com a mesma voz timbrada e límpida que ela tinha conhecido há 27 anos. Com marcas de mais de duas décadas de trabalho e algum sofrimento, mas com o mesmo carácter.

Quando já fazia todos os agradecimentos para terminar o seu discurso surpreendeu a sala:

– Não sei se este é o momento e o lugar certo para o fazer. Mas sei que estão aqui muitos amigos e colegas que me acompanharam ao longo destes anos, nas minhas alegrias e nos momentos menos bons da minha vida. Partilhamos tudo uns com os outros. Hoje também está aqui muita gente que não me conhece. Mas sem querer abusar da vossa paciência e sem pretender aborrecer-vos muito queria partilhar um momento muito significativo e muito feliz que até podem achar ridículo: Sou um «cota» apaixonado por uma mulher encantadora. O segredo que vos guardei, aos amigos mais chegados, queria agora torná-lo público como prova do meu agradecimento à vossa sincera amizade e do meu amor pela mulher encantadora que redescobri. É à vossa frente que gostaria também de lhe fazer aqui um público pedido: Joana, queres casar comigo?

A sala, estupefacta, irrompeu numa tremenda salva de palmas. Os amigos puseram-se de pé. Joana, sentada, ganhava forças para se levantar. Não sabia o que fazer. Ia ao palco dizer que sim? Ficava ali à espera dele? De repente só pensava que tinha cinco centenas de pessoas de olhos postos nela.

Sentia-se a Julia Roberts no filme *Nothing Hill* quando Hugh Grant interrompeu uma conferência de imprensa para a pedir em casamento.

As palmas sincopadas esperavam o «sim» de Joana. De olhos mareados, levantou-se, seguiu em direcção ao palco mas, quando chegou a meio, no espaço da pista de dança parou. Obrigou Carlos Jorge a descer. No meio da pista envolveu-o num abraço, encostou os lábios dela aos dele. Os colegas da velha Associação Académica de Coimbra não deixaram de cumprir a tradição:

– E para noivos não vai nada, nada, nada?

Numa das mesas mais animadas daquele jantar, uma mulher desabafava para que os maridos e restantes companheiros das amigas que os acompanhavam ouvissem bem:

– Já não há homens assim. Não temos sorte nenhuma.

O marido engoliu em seco, olhou para os amigos da mesa que preferiram manter um sorriso amarelo.

Com todos os convidados de pé com uma taça de champanhe na mão, Carlos Jorge e Joana «selaram» o compromisso. Do bolso, Carlos Jorge tirou uma pequena caixa. Era a surpresa de que lhe tinha falado no início do jantar. Um anel de noivado. A declaração pública resultou de um momento de euforia e absoluto improviso.

Cherne Condé percebeu que aquela podia ser a sua deixa. Deu a indicação à banda para se preparar. Era naquele momento que tinha de lhes dedicar uma canção. Escolheu bem e mal sabia como foi acertado na música.

O som de «As Time Goes By» emocionou ainda mais Joana. Carlos Jorge nos seus braços e Cherne Condé, o passageiro que também tinha marcado aquele voo em 1975, a cantar só para eles.

Joana não deixou sem resposta a surpresa de Carlos Jorge:

– Aceito o anel, quero casar-me contigo o mais depressa possível, mas há uma condição para que tudo isto se realize que exijo em troca.

Carlos Jorge parou de dançar. Pegou-lhe apenas nas mãos e esperou de olhos franzidos pela condição que Joana lhe iria impor.

– Quero fugir daqui a duas semanas em lua-de-mel. Numa das semanas vamos para um sítio ao teu gosto. Na outra tem de ser feita a minha vontade.

– Ainda não pensei nisso, mas por mim vou apanhar sol para uma ilha das Caraíbas – desejou Carlos Jorge. – E tu?

– Eu quero passar a primeira semana em Luanda.

Agora era a vez de Carlos Jorge segurar as lágrimas. Num abraço profundo mergulhou no corpo dela. Dançaram toda a noite. Amaram-se até o dia nascer.

36.

(Fotografia cedida ao autor)

Joana e Carlos Jorge casaram no dia 29 de Julho.

Carlos Jorge despediu-se de Coimbra e pediu transferência para um hospital de Lisboa, mas manteve a casa na Figueira da Foz. Joana tinha a sua casa de Sete Rios à venda. Optaram por ir viver para um apartamento, na zona do Estoril com o mar em frente. Foi tudo rápido de mais. Também não queriam que fosse de outra maneira pois tinham de recuperar muitos anos.

A cerimónia civil foi presenciada apenas por familiares mais próximos do casal. Os cerca de quatrocentos convidados só tinham a obrigação de ir ao jantar. Por sinal um jantar num sítio muito original. Joana movimentou as suas influências e conseguiu reunir todos os convidados numa sala de embarque que estava desactivada devido a obras de ampliação do aeroporto de Lisboa.

Estava lá toda a gente. De Coimbra vieram dezenas de pessoas entre amigos, colegas e velhos companheiros de Carlos Jorge. Do lado de Joana reuniram-se todos os colegas da TAP que não quiseram deixar de presenciar aquele «voo picado» da colega mais adorada da companhia. Joana não esqueceu as amigas de sempre, muitos colegas do curso e até o patrono dela que um dia lhe disse: «Sei que tem carácter para começar tudo de novo.»

Mas mais. Joana fez questão de que os passageiros que fizeram aquele voo em 1975 e que anualmente se reuniam, também estivessem presentes. Era o ano de Joana organizar o almoço, e encontrou no casamento dela – que em boa verdade começou nesse voo – o momento oportuno para juntar todos aqueles que já tinham formado uma autêntica família.

A banda que animava o casamento não tinha sido difícil de encontrar. Cherne Condé deixou a sua Figueira e o seu banco na sala do casino para reencontrar finalmente os companheiros de desdita vitimados há vinte e sete anos por uma descolonização feita precipitadamente.

Angola era o tema de conversa daquele grupo que sempre que se revia regressava a um passado de recordações e ainda muita revolta.

– Aquilo parece que se está agora a recompor. Parece que as coisas acalmaram desde que Jonas Savimbi morreu – adiantava Cherne Condé animado na conversa.

Armando, sempre mais radical, mantinha a mesma convicção:

– Para lá, seja de que forma for, nunca mais volto. Aquilo nunca se vai recompor nem ficar direito.

Mais optimista, Coimbra concordava com a análise que há muitos anos era feita por analistas que perceberam que o conflito era insustentável e só seria solucionado com o desaparecimento de um dos senhores da guerra.

Cinco meses antes, em Fevereiro de 2002 morria Jonas Savimbi, presidente da UNITA, que com José Eduardo dos Santos, líder do MPLA, mantinha acesa a interminável e sangrenta concorrência ao poder.

As imagens da morte de Savimbi correram rapidamente o mundo e, embora a figura do corpo inerte de um dos guerrilheiros mais influentes do território com as moscas a passarem-lhe pelo rosto fosse pouco abonatória, a verdade é que começou nesse dia o regresso da paz a Angola.

No grupo havia ainda quem não desculpasse a forma como a descolonização fora feita: Mário Soares e Rosa Coutinho eram os mais visados, mas quase três décadas depois alguns reconheciam que era impossível ter sido diferente.

– Na altura também fiquei revoltado e durante muito tempo achei que nos tinham roubado Angola e entregado aquilo a quem não deviam – explicava serenamente José Carlos –, mas hoje, à distância de vinte e sete anos, acho que não havia outra forma de fazer aquela descolonização. Não se esqueçam de que a riqueza do país com inegáveis recursos naturais levou empresas estrangeiras a fixarem-se em Luanda, alimentando, por manifesta conveniência, a luta pelo poder, primeiro, e a reconstrução do país, depois.

Alguns concordam. Portugal vivia momentos conturbados e não tinha capacidade para gerir bem a descolonização. A guerra no Ultramar, as pressões exercidas no Continente e depois a intromissão das grandes potências minou aquilo.

– Eu também acho. Volvidos todos estes anos era difícil fazer de forma diferente e não é justo encontrar apenas um ou dois culpados para uma situação que ficou descontrolada – analisava friamente Francisco, que garantia:

– É tempo dos portugueses regressarem a Angola. O país vê--se envolvido em projectos que passam, a médio prazo, pela realização de eleições democráticas e livres, onde as armas deixem definitivamente de ditar as suas leis.

– E é incrível a ligação que eles continuam a ter a Portugal – garantiu Coimbra que não podia faltar ao casamento de Joana.

– Antigamente os angolanos rejubilavam com os petardos de Eusébio, os golos de cabeça do capitão Humberto Coelho, as habilidades do Dinis e os quatro golos do Lemos. Agora rendem-se às «trivelas» do Quaresma, aos altos e baixos do Mantorras e aos prodígios de Cristiano Ronaldo, afinal um dos melhores jogadores do mundo.

– O futuro começa, enfim, a sorrir e Angola e os angolanos têm tudo para voltarem a ser felizes – conclui o comandante Afonso Rosa.

37.

(Fotografia cedida ao autor)

No dia seguinte ao casamento, Joana sentia a estranha sensação de estar dentro de um avião como passageira. A administração da TAP tinha-lhe oferecido como prenda de casamento todas as viagens que fizesse durante aquelas duas semanas de lua-de-mel.

O programa estava delineado. Uma semana em Angola, que se antevia cheia de emoções e muito cansativa, pois Carlos Jorge programou visitar as principais cidades e alguns sítios que conhecia bem desde a sua infância. Regressavam apenas um dia a Lisboa para na semana seguinte passearem por Roma, Paris e Londres. Queriam ver monumentos, museus, assistir a espectáculos, enfim gozar o romantismo de cidades europeias.

Na primeira fila do avião, Joana e Carlos faziam agora a viagem em rota contrária àquela que lhes ficou gravada para sempre há vinte e sete anos.

Carlos Jorge estava nervoso. Já há uns dias que se andava a preparar psicologicamente para o que ia encontrar. Como estaria Luanda, a casa dele, o hospital onde trabalhava? Será que iria reencontrar alguns dos muitos amigos que aí deixou? E os restaurantes e cafés onde costumava ler o jornal e tomar o pequeno-almoço, ou almoçar e jantar?

– Vou mostrar-te tudo. Quero que fiques a conhecer a minha vida, os sítios todos onde cresci e fui muito feliz – dizia com algum tremor na voz.

Joana tentava agora dormir um pouco. Habituada aos aviões tinha passado a primeira hora de voo a reparar no trabalho dos seus colegas. Não era fácil exorcizar ali aquilo que era a sua vida diária. Reparava em todos os pormenores dos assistentes de bordo, seguia-lhes com os olhos todos os passos, explicava a Carlos Jorge alguns procedimentos de quem trabalhava a bordo e alguns barulhos esquisitos do avião em pleno voo, ria-se com a turbulência que punha alguns passageiros em alerta e com as mãos a suar.

A viagem ia demorar sete horas e meia. Às oito da manhã era previsto aterrarem no aeroporto de Luanda.

Enquanto Joana adormeceu, Carlos Jorge mantinha-se acordado.

– Dormiste? – perguntou Joana ao acordar.

– Passei pelas brasas. É raro dormir em aviões. Já de ti não se pode dizer o mesmo. Dormiste a noite toda!

– Estava cansadíssima. Acho que foram as primeiras horas de relaxamento absoluto dos últimos dois meses.

– Fizeste bem. Temos duas semanas muito intensas pela frente.

Estavam quase a chegar a Luanda. Depois do pequeno-almoço servido, começaram a preparar a chegada. Arrumaram jornais e revistas e um livro que trouxeram para «queimar» algumas horas da viagem. Concluíram que não tinham lido nada. Nem uma página. E dos jornais apenas os títulos. O nervosismo dele e o sono dela não o permitiram.

O avião já estava a descer rumo ao aeroporto 4 de Fevereiro em Luanda. Agora já não era necessário evitar o musseque de onde durante muitos anos saíram balas tracejantes para recepcionar quem chegava.

Joana lembrava-se bem dessas aterragens que obrigavam os pilotos a desviarem a aeronave para o mar e a fazerem a abordagem ao aeroporto evitando o mais que podiam a terra, alinhando a rota pela baía de Luanda. Se a viagem era de emoções incontidas para Carlos Jorge que estava de regresso ao país que o vira nascer e crescer e onde voltava vinte e sete anos depois de ter abandonado tudo, para Joana, a mesma tinha apenas o significado de ter conhecido o agora marido nessa viagem e de querer partilhar e viver com ele aquele momento tão especial.

Quando saíram do avião a mesma sensação: 32°C, um calor quase sufocante, uma humidade que exigia adaptação respiratória, um clima inconfundível: os ares e o sol de África.

Desceram as escadas e fizeram o percurso até à sala onde se faz a triagem alfandegária. Depois de vistos os passaportes, minuciosamente, tiveram ordem para entrar em Luanda.

Dirigiam-se lentamente para a porta de saída quando duas mulheres com um ramo de flores na mão se aproximaram deles. Eram duas senhoras bonitas, com ar jovem. *Mais uma surpresa preparada por Carlos Jorge,* pensou de imediato Joana. Tinha tudo a ver com ele e com a forma romântica como encarava a vida.

– Doutora Joana?

– Sim, sou eu.

– Estamos aqui as duas para lhe oferecer estas flores.

Joana olhou para Carlos Jorge, embevecida com mais uma surpresa, mas desta vez o marido estava tão surpreendido quanto ela. Não tinha sido ele.

– Desta vez não fui eu. Reconheço que o devia ter feito, mas infelizmente estou inocente – lamentou logo Carlos Jorge.

– É muito simpático da vossa parte, mas a quem devo agradecer estas flores? Eu não conheço cá ninguém.

– Não tem de agradecer a ninguém. É uma simpatia nossa para lhe agradecer a si o que fez por nós.

– Mas eu não vos estou a conhecer.

– Eu sou a Ana.

– Eu sou a Catarina.

Joana ficou na mesma.

– Sinceramente não me lembro. A minha profissão permite-me conhecer tanta gente de tantos lugares do mundo que a minha cabeça por vezes não consegue armazenar toda a informação. Peço muita desculpa por não vos estar a reconhecer.

– Mas nós queremos mantê-la na expectativa. Vamos começar a história pelo fim.

– Eu sou a Ana e trabalho aqui no aeroporto. Em Lisboa conheci o meu marido que fez cá em Angola o serviço militar em 1972 e quis regressar há dois anos aceitando um convite para chefiar uma equipa de manutenção de aviões. Ele é engenheiro. Formei-me lá em Línguas e Literaturas Modernas. Mas como quis vir com ele consegui trabalho aqui no aeroporto. Sou eu que faço a verificação das listas de passageiros mais importantes que todos os dias entram em Luanda. Faço o acompanhamento dos ministros, presidentes da República e gente importante e trato de todo o protocolo. A minha irmã, Catarina, faz parte de uma organização internacional humanitária. Está neste momento no Darfur, com a organização a fazer uma pesquisa para denunciarem o tráfico de crianças que é feito naquele país. Fui eu que pedi para ela vir cá de propósito porque soube, pela verificação das listas, que vinha a Luanda. Cheguei até si através da minha mãe que se informou do seu percurso e onde trabalhava. Há muito tempo que olhava para as listas de passageiros ou de assistentes de bordo para ver se estava em alguma viagem para Luanda.

Joana e Carlos Jorge ouviam incrédulos a história daquelas duas senhoras, mas continuavam sem saber a relação que havia entre elas e Joana e o propósito daquele ramo de flores.

– Continuo sem perceber. Continuo sem saber de onde vos conheço.

– Agora sou eu a falar! A minha irmã Ana tem agora trinta e seis anos eu tenho trinta e oito. Quando nos conheceu eu tinha dez anos e ela oito. Acho que isto que lhe vamos mostrar a vai fazer recordar.

Ambas desabotoaram o primeiro botão da camisa e ao pescoço tinham um fio, com um Cristo pendurado.

Joana recuou vinte e oito anos no tempo.

– Lembra-se do que nos disse quando nos ofereceu este fio que na altura era um presente que nunca tínhamos tido? «Este Senhor vai ser o vosso protector pela vida fora. Guardem-no bem no vosso pescoço, bem juntinho ao coração.» Foi o que fizemos. No quarto, nessa mesma noite, enquanto o meu pai acabado de chegar embriagado discutia com a minha mãe, nós fazíamos um pacto para o resto da vida. Nunca nos íamos separar deste fio e deste Senhor que nos ofereceu para nos proteger.

Joana apertava com força o braço de Carlos Jorge enquanto respirava fundo e aconchegava ainda mais as flores junto do peito. Queria falar e não conseguia.

O Carlos Jorge também já tinha associado as duas senhoras à história da vida de Joana que ela lhe contara. Aquelas duas «almas» tinham sido as responsáveis por ter deixado para trás a advocacia e abraçado a profissão de assistente de bordo.

Tudo por causa de uma decisão de um juiz que decidiu deixar em liberdade o pai daquelas duas meninas que as chegou a violar e a maltratar a mãe, um hábito de todos os dias igual ao que tinha com o álcool.

– Lembro-me tão bem. Se soubessem como me estão a dar uma alegria e a tirar um peso de cima, nem fazem ideia da felicidade que estou a sentir.

– E a vossa mãe? E o vosso pai?

– O meu pai morreu seis meses depois desse julgamento. Vinha embriagado da tasca onde costumava ir e foi atropelado mortalmente. Sabe que, apesar de tudo o que nos fez e da forma como maltratou a nossa mãe, ainda conseguimos ter pena dele e choramos muito a sua morte. Sabe como é, pai é sempre pai.

»Entretanto a minha mãe pediu ajuda a um centro de crianças para ficar connosco pois não tinha possibilidades e fomos recolhidas por um centro de acolhimento em Évora. Na altura custou-nos muito mas, como éramos duas, fomos sempre dando apoio uma à outra. Só víamos a minha mãe duas vezes por mês, ao fim-de-semana. Nesse centro crescemos e estudamos até nos formarmos. Tivemos sorte na vida. Foi este Senhor aqui que nos protegeu e que nunca mais nos fez esquecer de si.

– E a vossa mãe? Como está?

– Está óptima. É a nossa heroína. Fez muitos sacrifícios, mas hoje é uma mulher feliz. Tem as filhas bem na vida e ela acabou por voltar a casar com um alemão, maestro, que conheceu quando fazia trabalhos de limpeza no teatro S. Carlos.

»Hoje é ela que gere a parte administrativa de uma escola de música que o marido resolveu abrir em Lisboa. Além disso já é presidente de uma Associação que dá apoio a mulheres vítimas de violência doméstica. Foi ela que nos fez chegar até si. Procurou o escritório de advogados onde a Joana trabalhava na altura e o seu patrono deu-lhe todas as indicações sobre o seu paradeiro. Sabíamos que este dia iria chegar.

Não podia começar de forma mais emocionante e marcante este regresso de Joana e Carlos Jorge a Luanda.

– Quando tempo vai cá ficar, doutora Joana? – perguntou a Ana.

– Uma semana, mas em Luanda só quatro dias. Dois agora, depois nos outros quatro vamos visitar outras cidades e os últimos dois de novo aqui para regressarmos a Lisboa.

– Gostava muito de vos oferecer um jantar em minha casa. Gostava que conhecessem a minha família que se resume ao meu marido e aos meus dois filhos pequenos. Teríamos muito gosto em recebê-los lá para fazermos uma churrascada. Pode ser na última noite que cá estiverem?

– Por nós, ficamos encantados. Trocamos contactos e quando regressarmos a Luanda combinamos.

– Mas fica desde já assente. O último jantar aqui em Luanda é em nossa casa. A Catarina só regressa ao Darfur daqui a dez dias pois tem aqui muito que fazer na sua área de intervenção. Assim voltamos a estar todos juntos.

Carlos Jorge e Joana despediram-se de Ana que continuava a trabalhar no aeroporto e aproveitaram a «boleia» de Catarina que os deixou no Hotel Trópico.

38.

(Arquivo particular de António Barbosa)

Ao longo do caminho entre o aeroporto e o hotel, Joana e Catarina continuaram o desfiar de recordações. Carlos Jorge sentado no banco de trás já não falava. Limitava-se a sorver tudo o que dizia respeito a vinte e sete anos de vida passados naquelas ruas onde o conduziam agora. Milhares de pessoas, um trânsito infernal, uma desorganização completa, prédios em estado deplorável, muitas gruas. Carlos Jorge nunca tinha visto nada igual.

O aeroporto estava na mesma, já tinha vislumbrado o Hotel Presidente, passou pela avenida que conhecia como dos Combatentes, mas agora era denominada Valódia.

Começava a ficar com medo da desilusão que podia ser aquele regresso. Subiram a Rua da Missão até à porta do Hotel Trópico. Antes de entrarem e fazerem o registo de chegada, ainda lançou um olhar para o fim da rua, onde no seu tempo estava o mercado de Kinaxixe, agora desactivado. Foram ao quarto pousar as malas e Carlos Jorge nem deixou Joana tomar um banho. A ansiedade era muita.

– Vem comigo.

Saíram a pé, e subiram a Rua Luís de Camões até ao largo dos Lusíadas, agora ruas e praças com nomes de heróis angolanos e outros que lutaram pela independência. Para ele continuavam a ser os mesmos nomes que conheceu.

No largo dos Lusíadas passou pela estátua, olhou para o edifício do Mercado Municipal, o Museu de Angola, a famosa hospedaria Tristão que não se cingia apenas a hospedar, mas onde tudo se vendia e ao cimo do largo, do lado esquerdo, o prédio da Cuca.

Parou em frente ao edifício. Respirou fundo antes de conseguir dizer uma palavra.

– Joana, era aqui que morávamos.

Sentia nas mãos suadas do marido a emoção que o trespassava.

O prédio apresentava-se com evidente falta de manutenção. Já sem janelas, vidros partidos, uma entrada pouco cuidada e de fora era possível perceber que havia pessoas lá dentro.

– Queres tentar entrar? – perguntou Joana

– Não. Não sou capaz. Prefiro ficar aqui a ver de fora. Não sei quem vou encontrar na minha antiga casa e como vou encontrar o interior. Vamos sentar-nos aqui fora um pouco. Quero ficar a olhar para este edifício e para esta praça.

Sentaram-se e ali ficaram uns bons quinze minutos sem falar.

Joana deixou que Carlos Jorge viajasse no tempo e regressasse à sua infância, à sua adolescência ao seu modo de vida até aos trinta e seis anos. E embora percebendo a nostalgia do marido sentia-se feliz com isso. Quando marcou a lua-de-mel para Luanda, era precisamente para proporcionar a Carlos Jorge este reencontro com a sua própria história. E estava a conseguir.

Voltaram ao hotel. Na recepção Carlos Jorge perguntou se era possível alugar um carro com motorista. Do pouco que tinha visto do trânsito de Luanda não se atrevia a conduzir no meio de tão grande confusão.

Pediu para que dentro de uma hora estivesse um à porta do hotel. Tinha muitas voltas para dar.

Subiram, tomaram banho, e uma hora depois estavam a sair do hotel num *Jeep Hummer* conduzido por um verdadeiro especialista de Luanda. Conhecia todas as ruas, todos os lugares, todos os destinos. Chamava-se José Mateus Fidel, mas era mais conhecido por «Comandante». Simpático, riso rasgado, cor negra, usava boné e tudo. Vestido a rigor trazia um cinto cintilante onde pendurava dois telemóveis. Era uma figura. Tipicamente angolano. Falava alto, o rádio do carro no volume máximo, andava sempre com um saco de ginguba que comia como tremoços e tinha a mania que era *dj*.

Carlos Jorge e Joana sentiram-se logo em casa tal a simpatia do motorista que o hotel tinha arranjado.

– Trabalho há muitos anos com o Hotel Trópico. Quando os clientes são portugueses é a mim que me chamam. São como meus irmãos. Trabalhei muitos anos para um casal português de quem tenho muitas saudades. Fico feliz por começarem a vir muitos para Angola outra vez ajudarem-nos a reconstruir o país. Já conduzi muitas figuras de Portugal que cá vieram. O mais importante de todos foi o Pinto da Costa, presidente do Porto. Eu sou do FC Porto. É o meu clube.

Carlos Jorge ficou espantado. O Benfica e o Sporting dividiram desde sempre todas as atenções clubísticas em África.

– Nunca tinha visto ninguém em Luanda que fosse do FC Porto. O que é que lhe deu para não ser do clube do Eusébio?

– O Porto é que ganha tudo!

Carlos Jorge sorriu, estava em Luanda a discutir o campeonato de futebol português.

– Para onde querem ir? O Comandante está à vossa disposição. Joana olhou para Carlos Jorge.

– Posso fazer um pedido? Gostava que esta nossa viagem começasse pela Mutamba. O nome ficou-me gravado desde que o Cherne Condé cantou aquela música no avião.

E assim foi. Mutamba primeiro, onde há vinte e sete anos atrás se concentravam centenas de pessoas à espera dos machimbombos (autocarros) e dois polícias sinaleiros, inesquecíveis pela forma alegre e descontraída como faziam fluir o trânsito e que se tornaram até figuras emblemáticas da cidade.

– Que será feito deles? – perguntava-se Carlos Jorge que não cessava de explicar a Joana tudo o que estava a viver à medida que Fidel ia «fintando» com mestria o trânsito da cidade.

– Esta avenida era a Avenida dos Restauradores. Como se chama agora esta avenida, Fidel?

– Avenida Rainha da Ginga; é uma heroína angolana – explica com orgulho o prestável Comandante.

– Era a avenida principal aqui de Luanda. Ali era o Café Pólo Norte. Comia aqui muitas vezes. Ali era a Pastelaria Gelo, que tinha uns doces magníficos e mais à frente, a Farmácia Dantas Valada. Já não existe. Era um ponto de encontro de muitos amigos nossos – explicava nostalgicamente Carlos Jorge.

– Em 1971 estava aqui nesta avenida. Sabes a fazer o quê?

– Não faço ideia – disse Joana um pouco espantada!

– Estava eu e milhares de pessoas. Viemos aqui receber a Riquita que foi eleita nesse ano Miss Portugal. Quando chegou, foi recebida por milhares de pessoas e passou em cortejo por esta avenida num carro aberto. Viemos todos vê-la. Olha aqui era o largo do Infante. Parávamos muito aqui, na Portugália. A visita era vertiginosa. Olha o cruzamento dos Quintas e Irmãos. Aqui havia uma discoteca, a Lusoluanda. A minha falecida mulher também vinha muito aqui a uma perfumaria que se chamava Ronny – recordava Carlos Jorge.

Revia ainda alguns painéis publicitários que resistiam à erosão do tempo ainda que com as letras já pouco nítidas: «Cigarros Delta e Baía», «Cigarros SL – Companhia para o seu Tempo», ou o painel «Beba Fanta Ginger Ale – Melhor que a Melhor».

– Fidel, pare só um pouco, por favor.

Carlos Jorge saiu do carro. Estava de novo em frente às imensas escadarias do liceu Salvador Correia, onde ele viveu os seus melhores anos de jovem estudante. Estavam a passar-lhe pela disquete da memória as caras de todos os colegas que ali tinha conhecido. Emocionou-se. Joana não lhe disse nada, apenas se encostou ao ombro dele deixando-o vaguear pela sua própria história.

Nova viagem. O estádio dos Coqueiros, o Cine-Teatro Restauração, agora transformado em Centro de Congressos. Pediu também para ficar ali um pouco.

– Vim aqui tantas vezes ao cinema e aos bailes.

Agora parecia sentir-se numa cena do filme *Cinema Paraíso*. Olhava com nostalgia para um edifício que agora não era mais do que um palco de políticos e empresários.

Passou pela sua livraria preferida, a Lello, onde ainda estava a publicidade à Pasta Medicinal Couto inscrita na parede lateral da livraria. Viu o Hotel Continental, o Hotel Globo e até o Hotel Angola.

– Que é isto agora, Fidel?

– É a sede da polícia de Angola.

Maianga, Marginal, Baía de Luanda, Avenida Serpa Pinto, o cinema Miramar ao ar livre, o Hotel Presidente, o edifício do Banco de Angola, não ficou nada por ver naquele dia. Fizeram uma pausa à hora do almoço no antigo Clube Nun'Álvares, agora Clube Náutico com um restaurante, piscina e marina. Deu conta que o restaurante Barracuda, na ilha, já não existe e o Restinga, onde se lembrava de comer gambas grelhadas, moelinhas e outros petiscos virou um hotel cujo edifício está embargado e abandonado.

À tarde seguiu-se novo périplo. De carro, às vezes a pé, para Carlos Jorge entrar em lojas e cafés que frequentava, mas que agora já não se dedicavam ao mesmo comércio. Um dia de emoções. Até que deu conta que a cervejaria-restaurante Biker ainda ali se mantinha, mesmo em frente às instalações do jornal *O Província de Angola*. Era um local obrigatório e que espantosamente se mantinha de portas abertas e com o mesmo nome. Carlos Jorge entrou com Joana e não falou... Limitou-se a beber uma cerveja, e a percorrer com os olhos todos os recantos do Biker, até chegar ao canto onde sempre se sentava com os amigos.

Passaram pelo Bairro de Alvalade, o Vila Clotilde, o Vila Alice e o Miramar. Para o fim deixou propositadamente o Hospital Maria Pia. Não sabia se ainda conhecia alguém, mas queria rever as instalações, saber se o seu gabinete ainda funcionava e até tentar uma reunião com o actual director do hospital. Tinha curiosidade de saber em que condições funcionava o hospital que fora o seu primeiro e único local de trabalho em Luanda.

Nessa altura Joana, esgotada, pediu para ficar no hotel a arrumar as malas e a descansar um pouco. Tinha sido um dia cansativo e agora deixava que Carlos Jorge usufruísse sozinho do reencontro com o hospital. Para se sentir completamente à vontade.

Apresentou-se à entrada como médico em Portugal. Pediu para falar com o director.

– Tem marcação?

– Não. Cheguei hoje de Portugal e gostava muito de lhe dar uma palavra se ele não estiver muito ocupado.

A telefonista falou à secretária do director que lhe disse que este estava disponível e mandou-o subir.

O hospital estava praticamente igual, parecia que tinha parado no tempo. As instalações estavam um pouco mais degradadas, mas a funcionar.

Foi recebido pelo director agradecendo-lhe a disponibilidade e dando-lhe conta do seu historial naquele hospital e o que fazia em Portugal.

O responsável daquela unidade foi de uma simpatia extrema.

– Doutor Carlos Jorge, bem-vindo então à sua casa. Eu faço questão de lhe ir mostrar todos os nossos serviços e até o sítio onde tinha o seu gabinete. Venha comigo.

Percorreu todos os serviços, viu doentes, acariciou gente em sofrimento e foi ouvindo as explicações do director que lhe dava conta das tremendas dificuldades que tinham com a falta de material, de pessoal especializado e de instalações. A guerra tinha inundado os hospitais de gente e estavam todos com a sua capacidade largamente ultrapassada.

– Aqui são os serviços de cirurgia geral. Era aqui o seu gabinete. Julgo que o médico de serviço já se foi embora.

Bateu à porta, não estava ninguém e Carlos Jorge entrou. A secretária era a mesma, as paredes estavam um pouco mais sujas, com alguma humidade e a janela rasgada sobre a Avenida Serpa Pinto com as casas com traço colonial bem marcado de um lado e do outro, e o cinema Restauração ao fundo. A última imagem que tinha daquela janela era a das casas a arderem há vinte e sete anos, incêndios provocados por actos de autêntico vandalismo e descontrolo.

Estava Carlos Jorge com o director do hospital no seu gabinete, quando alguém bateu à porta. Era a enfermeira daquele serviço que julgava que o médico ainda não se tinha ido embora. Bateu e empurrou a porta que estava semiaberta.

Viu o director e outro homem e pediu desculpa:

– Julguei que era o doutor Orlando que ainda não se tinha ido embora. Peço desculpa.

Carlos Jorge reconheceu aquela voz e virou-se de imediato.

Olhou-a nos olhos e sorriu:

– Natércia!

– Doutor Carlos Jorge, não acredito no que estou a ver. É mesmo o senhor?

A derradeira imagem que guardava daquele gabinete era precisamente do último dia que ali tinha estado virado para a janela juntamente com a enfermeira a assistirem ambos a autênticos actos de pilhagens, vandalismo e incêndios de casas.

Deram um enorme abraço, mostraram uma felicidade mútua imensa por se reencontrarem.

– Ainda por aqui, Natércia?

– É verdade, doutor. Não fui capaz de me ir embora e deixar esta terra. Fiquei por cá. Tinha cá a minha família toda, optei por ficar. Não estou arrependida. Deus quis que fosse assim.

– Você está com a mesma cara. Linda, como sempre.

– Não diga isso, doutor. Estou velha e gorda. O tempo passa por todos. Por si é que passou pouco.

– A enfermeira Natércia é a mais antiga funcionária deste hospital – interrompeu o director. – É uma autêntica referência aqui dentro. Ela é que devia ser a directora desta instituição. Faz parte da nossa família, de muitas famílias que por aqui passaram e contaram sempre com ela. Já foi distinguida pelo governo e tudo.

– E merece – reforçou Carlos Jorge. – Fazíamos uma bela equipa.

– Pois fazíamos. O doutor Carlos Jorge deixou cá muitas saudades. E a sua família? Que é feito da sua mulher, a doutora Ana Maria que também aqui trabalhava?

– Deus levou-a há sete anos. Os nossos dois filhos já estão grandes e feitos gente. Eu refiz a minha vida. Vou cá estar esta semana e espero reencontrá-la. Quero que conheça a minha nova mulher. Aliás estou cá em lua-de-mel.

– Fica combinado. Eu estou sempre aqui. É só ligar. Mas fique com o meu número de telemóvel.

Carlos Jorge ainda ficou ali mais algum tempo no seu antigo gabinete na companhia do director e acabou por ser surpreendido.

– Doutor Carlos Jorge, se um dia decidir voltar, temos muito gosto em recebê-lo neste hospital. Mas ainda assim faço-lhe outro desafio. Se nos puder ajudar, temos muita necessidade de fazer protocolos com hospitais portugueses para formação de pessoal, troca de experiências e até ajuda ao nível de máquinas e material hospitalar. Gostava que ficasse como nosso embaixador em Portugal. Se tiver tempo e vontade, claro.

– Vou pensar seriamente nisso.

O «Comandante» esperava-o à porta do hospital para o levar de regresso ao hotel. Mal entrou no quarto abraçou-se a Joana e disse-lhe:

– Obrigado. Estava com medo de regressar a Luanda e hesitei muito quando disseste que era para aqui que querias vir. Se amanhã fôssemos embora, já tinha valido a pena. Mas vai valer muito mais.

Joana espraiava-se de felicidade nos braços dele.

– Tens de me contar todos os pormenores. Mas agora deixa-me só dizer-te uma coisa. Temos um convite para jantar. Liguei à Irene, aquela que também voou connosco em 1975 e que esteve no primeiro almoço dos passageiros do voo. A que tinha decidido vir para Luanda.

– Sim, sei perfeitamente.

– Ficou louca de contentamento quando soube que estávamos cá. Exige a nossa presença em casa dela. Convidou-nos para irmos lá jantar. Às oito o empregado dela está cá para nos vir buscar. Tens meia hora para te arranjar.

– É para já. Depois conto-te tudo sobre a minha visita ao hospital. Reencontrei a minha enfermeira que nunca saiu de cá e ainda lá trabalha E o director foi de uma simpatia singular. Mas agora vou despachar-me. Já te disse que te amo?

39.

(Fotografia cedida ao autor)

Irene recebeu-os efusivamente na sua casa de Alvalade para onde tinha regressado há sete anos. Os seus empregados, Inácio e Eugénia, ocuparam a casa que ela deixou e cumpriram o prometido. Cuidaram da casa, trataram das coisas e quando chegou a Luanda tinha tudo intacto. Receberam-na de braços abertos e vivia agora lá com eles. Trabalhava no hospital militar, recebia a visita dos filhos duas vezes por ano e até já tinha uma casa no Mussulo.

Foi um jantar de memórias passadas e de projectos futuros. Quando se preparavam para sair, já a altas horas da noite, convidou-os a passarem o dia seguinte na casa dela no Mussulo.

– Vão para lá passar o dia. Aquilo é um paraíso.

– Mas vens connosco? – desafiou Joana.

– Não, tenho de trabalhar e vocês estão em lua-de-mel. Quero que desfrutem do dia o mais possível. Vão adorar. E se quiserem fiquem lá a dormir.

Amavelmente, Carlos Jorge recusou pois no dia seguinte tinham avião de manhã cedo para Sá da Bandeira, agora Lubango.

– Então amanhã vão ao Mussulo e à noite vamos jantar. Vão comigo ao Bay Inn, ali no princípio da Ilha a seguir ao Clube Naval. Come-se lá muito bem e tem uma vista fantástica sobre a Baía de Luanda. Depois vira discoteca. Amanhã combinamos com mais pormenor. Divirtam-se!

O dia no Mussulo foi inesquecível. Joana ficou tão encantada com a paisagem, o sossego e as praias que chegou a dizer a Carlos que viveria ali para sempre com ele.

Carlos Jorge sentiu-se um pouco desiludido. No Mussulo existiam agora vivendas luxuosas, umas de porte considerável, outras de muito mau gosto que alteraram substancialmente a natureza genuína daquele local. Mas a paisagem mantém-se arrasadora, a água quente e o sossego incomparável.

No Bay Inn viram como Luanda à noite proporciona uma das paisagens mais esmagadoras do mundo. A baía de Luanda, mantém aquele carácter de sempre. Árvores alinhadas aos prédios, um bilhete-postal que atravessa todas as gerações. À noite, iluminada, com a Fortaleza ao alcance de todos os olhares, esconde a confusão, o lixo e o duro tratamento de três décadas de guerra que deixaram marcas visíveis nos prédios. Uma degradação que o reflexo das luzes não deixa ver e que transporta a imaginação para a beleza daquela marginal num dia de sol.

No dia seguinte, bem cedo estavam de novo no aeroporto para quatro dias de viagem por Angola. Começavam em Sá da Bandeira, terra da sua falecida mulher. Estiveram na Tirol, que mantém a sua actividade, bem como na Florida, cafés emblemáticos da cidade; na igreja fizeram juras de amor, foram ao cinema Odeon, passaram pela Senhora do Monte, e jantaram no Grande Hotel da Huíla onde ficaram instalados.

Tentaram passar pela Royal e comer umas lagostas. Era onde ele muitas vezes ia quando ali passava férias. Local de eleição do ex-sogro, a Royal ficava mesmo em frente ao antigo edifício do Rádio Clube da Huíla. Ainda tiveram tempo de ir ao Cristo-Rei, à Tundavala e às quedas de água da Unguéria, de uma beleza estonteante.

No dia seguinte, à tarde, meteram-se a caminho num autêntico safari pela serra da Leba e só pararam em Moçâmedes, agora Namibe. O deserto fazia parte do roteiro. Nova incursão, agora no Lobito e na famosa restinga e baía. Vaguearam por ruas de uma cidade à beira-mar plantada, ainda com fortes traços da presença portuguesa.

À noite voaram para Nova Lisboa. Carlos Jorge queria visitar a cidade onde tantas vezes foi em serviço, ora pelo hospital, ora voluntariamente e até a congressos médicos.

Gostava muito de Nova Lisboa. Era uma cidade que tinha vida, alma própria e muita animação. Tinham-lhe dito para não ir. Era a cidade onde mais visivelmente se viam os contornos da guerra pois tinha sido muito fustigada e ficou praticamente irreconhecível. Irene tinha-o aconselhado a evitar a visita, uma vez que iria sofrer um duro choque. Mas Carlos Jorge fez mesmo questão de ir.

Ele lembrava-se bem de todos os momentos que ali tinha vivido. Fazia questão de a mostrar a Joana, mas ia preparado para o pior. Chegaram de noite, cansados, instalaram-se no único hotel disponível e deixaram para a manhã do dia seguinte uma visita à cidade, agora Huambo.

Alugaram um carro com motorista para os conduzir pela cidade. Carlos Jorge ficou sem palavras quase a manhã toda. Já nada sobrava do que era o cinema Rucaná e o Estúdio 444, o Restaurante Rucaná, onde se reunia a elite da cidade. O Cambo, o Ginga, o Pica Pau. Da diversão nocturna muito menos. Lembra-se do Night Clube Candumbo e da casa de fados, Campino, mas agora até tinha dificuldades em descortiná-los. Correu as antigas avenidas 5 de Outubro e da Granja, as maiores da cidade, lembrou-se vagamente da Avenida Norton de Matos e da Praça da Estufa Fria, ainda conseguiu imaginar as festas nas instalações do Atlético e do Ferrovia, e, quanto ao comércio, já não havia rasto da Nova Iorque, uma loja/armazém de pronto-a-vestir que vendia grandes marcas.

Ao início da tarde estavam de regresso a Luanda. Nova Lisboa, agora Huambo estava muito para além daquilo que a sua imaginação tinha construído.

Passaram quatro dias, mas tanto ele como Joana iam com uma sensação enorme de contentamento: para trás, ficava Sá da Bandeira, Lobito, Benguela e Huambo. Agora, de novo, Luanda antes do regresso a Lisboa.

Carlos Jorge ainda queria ir a Viana, Cabinda e a Malange, onde durante muitos anos deu apoio médico nos hospitais locais. Queria apenas rever os sítios, nada mais.

Já tinha interiorizado a ideia de que as viagens a Angola iam ser mais frequentes. O convite do director do Hospital de Luanda tinha-o deixado a pensar seriamente na possibilidade de colaboração activa na reorganização do sistema de saúde em Angola.

Na última noite, uma jantarada, com muito marisco e funge com muamba de galinha, em casa de Ana, onde juntaram toda a gente. Ana, os filhos, a irmã Catarina, o marido, a enfermeira Natércia, o «Comandante», o seu companheiro e motorista numa semana alucinante, Irene e um amigo seu João Ferreira que tinha regressado a África em 1992.

Carlos Jorge e Joana conversaram longamente com este amigo de Irene. Carlos Jorge deu-lhe mesmo conta da intenção que tinha em assiduamente se deslocar a Angola para colaborar no desenvolvimento do sistema de saúde do país no âmbito das funções que exercia na comissão das Nações Unidas.

– Colabore com o país, doutor – disse João Ferreira que a seguir dissertou sobre aqueles que viam Angola como um cofre sem fundo onde podiam ir buscar dinheiro e nada mais.

»Estou cá desde 1992, com uma empresa dignamente instalada e próspera. Foram anos e anos de muito trabalho e muitos sacrifícios. A minha família mantém-se no Porto. Sabe o que acontece hoje em dia. A grande maioria das pessoas que vive em Portugal é iludida com negócios de fortuna fácil. Muitos chegam com esperanças de enriquecer mas regressam pior do que estavam. Julgam que chegaram a um país onde quem tem um olho é rei. Mas Angola precisa é de gente que venha para cá trabalhar com dignidade, de forma limpa e se integre nesta sociedade, dando um contributo para este país e para a sociedade angolana. Homens como você fazem falta por cá. Sou do Porto, mas sinto-me angolano. Esta terra também é minha.

No final do jantar ao ar livre sob uma temperatura amena de 25 graus, ficou a promessa na hora da despedida:

– Voltaremos!

Joana já tinha adoptado a terra do seu marido como sua.

40.

(Fotografia cedida ao autor)

Estava a chegar ao fim a emocionante e esgotante semana em Angola. Irene foi levá-los ao aeroporto.

– Voltem. Voltem muitas vezes. O meu país vai tornar-se ainda mais bonito e mais seguro. Sempre que voltarem vão reparar que isto está a mudar, a crescer e a voltar à normalidade. E eu preciso que venham. Vou ter muitas saudades. E cumprimentos a todos os nossos amigos. Um dia vou de propósito a um dos almoços anuais. É uma promessa.

– Ai de ti que não cumpras. Obrigada por tudo. Podes ter a certeza de que vamos voltar muitas vezes.

Depois das formalidades alfandegárias e das facilidades próprias de quem trabalha numa companhia de aviação, Joana e Carlos recolheram-se na zona VIP do aeroporto onde tinham um bar e confortáveis sofás para esperarem pelo embarque que só se fazia dali a hora e meia.

– Fiquei muito tentado com o convite de vir cá algumas vezes para reorganizar o hospital de Luanda. Vou ponderar bem o convite. Mas só aceitarei se sempre que vier me acompanhares – pediu Carlos.

– É claro que acompanho. E fico muito orgulhosa se aceitares esse convite. Esta gente precisa do apoio de todos. Foram muitos anos de guerra. Não vai ser fácil reconstruir o país e recuperar os anos perdidos. É claro que se vieres, venho também. Até já nos estou a ver a viver aqui depois de nos reformarmos. Por mim, pode já ficar acordado entre nós passarmos aqui os nossos últimos e valiosos anos.

– Por mim, venho já se tu quiseres! – respondeu Carlos Jorge.

– Já, não. Ainda tenho muito para dar à minha empresa. Gosto de mais do que faço para abandonar já a minha profissão. Vamos reformar-nos muito novos e ter muito tempo para desfrutar deste Continente onde sonho acabar os meus dias a viver e a colaborar em associações humanitárias.

– Acho que, como sempre, tens razão. Por mim, desde que esteja contigo tanto me faz que seja aqui ou em Lisboa. Quero é estar contigo, para sempre – disse Carlos Jorge abraçando Joana.

Pouco depois a última chamada para o embarque. Quando se encaminhavam para o avião, repararam que no porão da aeronave uma urna estava a ser despachada. Para além dos funcionários que transportavam a urna, estavam presentes um militar e um civil que acompanhavam de perto as operações. Depois de confirmarem que a urna já estava no interior do avião, o militar e o civil deram um efusivo abraço.

Carlos e Joana detiveram-se na pista a ver a cena que consideraram estranha. Uma urna e dois homens felizes não era um cenário muito habitual em lado nenhum do mundo. O militar era um comandante da Força das Nações Unidas em Angola. O civil um jovem português que depois do abraço se encaminhou com uma expressão de felicidade fora do comum para as escadas do avião.

Sentou-se na cadeira da fila do meio, do lado esquerdo, separado apenas pelo corredor dos dois lugares laterais onde estavam Carlos Jorge e Joana.

Mal entrou no avião, Joana perguntou de imediato às colegas de profissão quem ia na urna. Ninguém lhe soube responder. Apenas sabiam que se tratava de um passageiro que estava a trasladar os restos mortais de uma familiar para serem depositados num cemitério em Portugal. Nem sabiam bem de onde é que ele era natural.

Prontos a descolar, Joana estranhava a felicidade do passageiro. Não se conteve até porque já não se sentia outra vez passageira mas sim assistente de bordo. O avião era a sua segunda casa e por isso sentia-se à vontade. Carlos Jorge ainda tentou em surdina dizer-lhe ao ouvido para não o questionar, que ela não tinha nada a ver com o assunto, mas ela não se conteve.

– Desculpe, mas tenho que lhe fazer esta pergunta. A urna que vai no porão não é de um familiar seu, pois não?

– Por acaso é. São os restos mortais do meu pai.

Joana arrepiou-se toda. Ficou atrapalhada. Percebeu que se tinha metido onde não devia. Mas como sempre, não desarmou. Era do seu carácter.

– Desculpe meter-me onde não sou chamada. Mas vi-o tão feliz que não consegui perceber a razão. Por isso perguntei. Não tome isto como uma falta de respeito, mas cada um tem a sua forma própria de expressar os sentimentos.

– Eu percebo o que quer dizer e percebo que estranhe. Mas se estivesse no meu lugar também se ia sentir feliz como eu. O meu pai morreu em 1962 na guerra do Ultramar tinha eu dezassete meses. Na altura, exigiram dez contos à minha mãe para transladar o corpo dele. É claro que ela não tinha esse dinheiro. Há cerca de dez anos prometi a mim mesmo que viria buscar o meu pai. Andei dez anos nesta luta incessante. Encontrei muitos obstáculos mas também muitos amigos entre combatentes do Ultramar, companheiros do meu pai que faziam parte daquela companhia que veio para o Moxico. Sabia que ele estava numa urna de chumbo. Um tenente-coronel português, aquele mesmo senhor que estava ali fora, foi decisivo. Encontrou a urna, moveu todas as diligências para eu conseguir transladar os restos mortais do meu pai. Hoje é um dia feliz para mim. Ele vai aqui comigo. Quarenta e dois anos depois a família pode de novo reunir-se. Nunca o conheci. Mas agora vou poder conhecê-lo melhor. Tanto eu como a minha irmã e sobretudo a minha mãe vamos poder visitá--lo todos os dias no cemitério da nossa terra em Amarante.

O Carlos Jorge já se tinha voltado para o passageiro para ouvir melhor a sua história tão rica e tão perturbadora.

Joana voltou a sentir o corpo a tremer de emoção. Tinha razões para isso.

– Desculpe a minha curiosidade. Como se chama?

– António. António Teixeira.

– E disse-me que era de Amarante?

– Sim. Sou de lá.

– A sua mãe por acaso não se chama Idália?

– Sim, chama-se. Não me diga que a conhece?

– É vizinha do meu tio Quim.

– O tio Quim? É quase como o pai que eu nunca tive. Foi ele que deu todo o apoio à minha mãe. Ficou comigo e com a minha irmã muito tempo. Não exagero nada se lhe disser que é como se fosse meu pai.

– Conheci-o muito pequenina. Eu tinha doze anos quando fomos a Vila Real visitar o meu tio. Foi precisamente um dia depois da sua mãe receber a carta do exército que dava conta da morte do marido. Olhe que me ficou para sempre gravada na memória a expressão da sua mãe com os dois filhos, você e a sua irmã. Eu tinha apenas doze anos e essa imagem acompanha-me ainda hoje. Foi um aperto no coração como nunca tinha sentido. Fico mesmo feliz por o reencontrar. O mundo é mesmo pequeno.

Carlos Jorge estava abismado com o que ouvia. Ao mesmo tempo dava os parabéns a António pela sua tenacidade e pelo seu exemplo.

– Depois das cerimónias fúnebres que pretendo fazer em memória do meu pai e para dar um gosto grande à minha mãe, vou escrever um livro sobre esta luta incessante. Quero que o meu exemplo sirva de «alavanca» a muitas famílias portuguesas que ainda têm familiares sepultados em Angola e que nunca os vieram buscar porque o Estado não colabora. O que seria uma obrigação pela forma como tratou os combatentes da guerra do Ultramar e as famílias que ficaram amputadas de muitos entes queridos em nome da bandeira e de uma guerra que não fazia sentido nenhum. Esse é o próximo objectivo – acentuou António.

Joana esticou o braço e apertou a mão a António.

– Dê cumprimentos meus à sua mãe e se estiver com o meu tio Quim diga-lhe que tenho saudades dele.

A conversa foi interrompida pelas palavras do comandante que falava pelo sistema de som a todos os passageiros:

«Senhores passageiros. Bem-vindos ao voo 233 da TAP. A nossa viagem com destino a Lisboa vai durar 7 horas e 35 minutos. O tempo previsto em rota é bom. Peço a vossa atenção para as instruções de segurança que a seguir apresentamos.»

O avião descolou do aeroporto de Luanda. Carlos Jorge espreitou pela janela, como há vinte e sete anos atrás, e passou o olhar pela «sua» bela cidade que se estendia pela baía ladeada por um mar de cor inconfundível.

Com o avião já direccionado para as alturas, Joana encostou a cabeça ao ombro do marido.

– Não tenho nada em casa. Depois de regressarmos da nossa viagem pela Europa temos de ir às compras.

– Joana – disse Carlos Jorge em tom sério. – Vais ter de te habituar a uma coisa. Em nossa casa pode faltar tudo, mas ai de ti se um dia me faltarem ovos e açúcar.

Joana desfez-se a rir. Ao lado, agora era a vez de António estranhar porque é que falar de ovos e açúcar dava tanta vontade de rir.

A aeronave tinha estabilizado a dez mil pés de altitude. Carlos Jorge procurava encontrar uma posição cómoda para tentar dormir. Desperta e pouco disponível para dormir, Joana tirou da carteira um livro que tinha comprado na loja do aeroporto para a eventualidade de não conseguir pregar olho durante a viagem.

Desconhecia a autora, Ana Paula Lavado, mas o título do livro era sugestivo: *Um Beijo sem Nome*. Abriu arbitrariamente para dar uma vista de olhos. Leu um pouco e logo espevitou Carlos Jorge com uma ligeira cotovelada.

– Que foi? Já estava quase a fechar os olhos – resmungou.

– Quero que oiças o que está escrito neste livro. É curto. Vou ler-te. Depois adormeces – sentenciou Joana.

– E não pode ser mais daqui a bocado, quando eu acordar? – suplicava Carlos Jorge.

– Não, tem de ser agora. Ouve com atenção.

Carlos Jorge não teve outro remédio. Com cara de poucos amigos concentrou-se então na leitura de Joana:

Quando Te Disse
Que Era Da Terra Selvagem
Do Vento Azul
E Das Praias Morenas...
Do Arco-Íris Das Mil Cores
Do Sol Com Fruta Madura
E Das Madrugadas Serenas...

Das Cubatas E Musseques
Das Palmeiras Com Dendém
Das Picadas Com Poeira
Da Mandioca E Da Fuba Também...

Das Mangas E Fruta Pinha
Do Vermelho Do Café
Dos Maboques E Tamarindos
Dos Cocos, Do Ai Ú'é...

Das Praças No Chão Estendidas
Com Missangas De Mil Cores
Os Panos Do Congo E Os Kimonos
Os Aromas, Os Odores...

Dos Chinelos No Chão Quente
Do Andar Descontraído
Da Cerveja Ao Fim Da Tarde
Com O Sol Adormecido...

Dos Merengues E Do Batuque
Dos Muquixes E Dos Mupungos
Dos Imbondeiros E Das Gajajas
Da Macanha E Dos Maiungos.

Da Cana Doce E Do Mamão
Da Papaia E Do Caju...

Tu Sorriste E Sussurraste
«Sou Da Mesma Terra Que Tu»

Carlos Jorge virou as costas a Joana, simulou uma espreita-
dela pela janela para não lhe mostrar os olhos, mais uma vez,
carregados de lágrimas.

NOTA FINAL

Este livro foi escrito a partir de testemunhos, histórias contadas por amigos ou familiares, de experiências conhecidas
que me foram contando e que serviram para deixar correr a ca-
neta e a partir de determinada altura sentir-me comandado pela
história.

Angola – Os Mensageiros da Guerra, da autoria de um colega
e amigo dos tempos da RTP, J. Marques Rocha, constitui um dos
livros factuais mais precisos do que foi o período da descolonização entre 24 de Abril de 1974 e 11 de Novembro de 1975.
Aqui fui buscar algum do enquadramento histórico e político desses meses difíceis e conturbados que se viveram a seguir à Revolução de Abril.

Luta Incessante é uma obra de um cidadão anónimo, António Teixeira Mota, que conheci recentemente e que me surpreendeu com a sua história de vida. Quarenta anos depois conseguiu
recuperar os restos mortais do pai, vítima de um acidente na
guerra do Ultramar. É uma história que serviu para reforçar este
livro e que pode servir de exemplo para muitas das famílias que
perderam gente próxima no Ultramar.

Este é um livro onde se mistura a ficção com histórias verdadeiras vividas por gente que não esquece essa ponte aérea e Angola.

CARTAS

Caros leitores e amigos,

Quando em Fevereiro este livro foi lançado, estava longe de pensar nas emoções que iria provocar em tantos leitores. Ao longo destes meses, recebi e continuo a receber cartas e mensagens dos muitos leitores que se sentiram revisitados neste livro.

As que se seguem são apenas um exemplo e servem de agradecimento generalizado a todos os que foram responsáveis pelo sucesso do livro que ultrapassa largamente o autor. Aos que vieram, aos que nunca foram e aos que desconheciam um momento tão delicado, mas tão importante da História contemporânea portuguesa, este livro e o sucesso dele é vosso.

Júlio Magalhães

Caro Júlio Magalhães,

No dia 18 de Abril recebi como presente, de uma colega e amiga, o seu livro *Os Retornados*, que eu própria pretendia adquirir, e que vinha com dedicatória sua, o que ainda mais me sensibilizou.

Comecei logo a lê-lo, mas tive de interromper a leitura por várias vezes porque não consegui conter as lágrimas em certas passagens do mesmo (Com certeza as enormes saudades que sinto daquela que foi e será sempre a minha terra).

(...)

Sobre o livro, devo dizer que gostei imenso, e que é um livro que tem muito a ver comigo. Para começar devo dizer que quando andava na escola, um dos meus sonhos era ser hospedeira, só que nem podia sonhar alto, porque na altura, infelizmente, as aeromoças eram tidas como raparigas não muito sérias porque não podiam casar, e então nem podia falar nisso ao meu Pai. Depois, como disse, vinda de Moçambique, e não havendo a mesma ponte aérea, tivemos o mesmo tipo de problemas, com as bagagens, e vários dias no aeroporto à espera de avião, mesmo a pagar, já sem casa que tinha sido entregue ao governo moçambicano, e sem dinheiro, pois o mesmo não servia aqui em Portugal, a alimentação era escassa, etc., etc. Na paragem em Luanda, o aeroporto estava à pinha, não havia condições sanitárias, nem alimentação ou água em quantidade para tanta gente. Enfim, foi um tormento essa viagem.

Felizmente que tudo faz parte do passado, e há muito que a vida é andar em frente que, como diz alguém, atrás vem gente.

(...)

Quero pois agradecer-lhe este livro, que me deu muito prazer ler e desejar-lhe muitas felicidades na sua vida particular e profissional e espero que continue a escrever muitas histórias que nos toquem o coração.

Bem-haja.

Permita-me um abraço e um beijo com carinho.

São Vieira

✒

Caro Júlio Magalhães:

Aquando da apresentação do seu livro, no Grande CASINO Peninsular, vulgo Casino da Figueira da Foz, na Figueira da Foz, que me propus lê-lo logo que possível. E digo logo que possível, pois tinha iniciado a leitura de um outro livro, *Holocausto em Angola*, um livro muito grande e como não tenho o tempo todo disponível para ler, como gostaria, acabei de ler o outro livro a passei de imediato ao seu livro, que antevia muito interessante.

(...)

E como comecei por dizer, apressei-me a ler o seu livro... E devo dizer-lhe que superou todas as minhas expectativas, fiquei agradavelmente surpreendido e foi uma leitura viciante. Não resisti e devorei todas as páginas com sofreguidão, querendo chegar ao fim de cada capítulo para «ver» o que se tinha passado. E só descansei quando acabei. E devo dizer-lhe mais, tenho oferecido o seu livro aos meus amigos, pois ele é digno de se ler. Sei de muitas pessoas que nunca estiveram em Angola e que têm comprado e lido o seu livro. É, realmente, ESPECTACULAR.

(...)

Um grande abraço,
Álvaro Pelicano

෴

Boas noites:

Sei que deve estar a perguntar-se quem é este «amigo». Sou um jovem que esteve consigo na Feira do Livro de Braga e que lhe prometeu dar a opinião sobre o seu livro.

Acabei há um minuto. E acredite que gostei mesmo muito. Cativou-me bastante e só não o li mais rápido porque o trabalho e ter que levantar-me muito cedo não me deixaram. Mas cá estou eu para lhe dar a minha sincera opinião.

Tal como disse é uma história envolvente e que cativa pela sua simplicidade mas ao mesmo tempo pela intensidade. Gostei da forma como descreveu as pessoas e os seus «stresses» neste avião. Até parecia que eu estava ali ao lado deles a ajudar a Joana. Foi mesmo marcante e acredite que estive a lutar para que a aproximação da Joana ao Dr. Carlos Jorge se concretizasse. Acho que os dois mereciam este final.

Como disse na apresentação, este livro dá um enorme moral aos chamados «retornados» a voltarem à sua terra-mãe, tal como fez a Irene e que conquistou novamente a felicidade na sua terra.

Espero que continue este bom trabalho, com outro romance. Pode não ser sobre o mesmo tema, mas continue mesmo, pois daquilo que li consquistou-me!

Um abraço amigo,

Jorge Sá

Boa tarde Sr. Júlio,

Faz hoje uma semana estava eu na sua sessão de autógrafos no centro de estudos camilianos, mesmo em frente à casa onde muitos anos viveu Camilo Castelo Branco, grande escritor.

No seu discurso começou por dizer que não se considerava escritor, mas sim jornalista.

Nesse mesmo dia, já passava da meia-noite, ainda li o prólogo do seu livro. No dia seguinte, feriado, comecei a ler o livro, ou melhor, a devorá-lo. No domingo acabei de ler o seu romance, onde não falta a alusão a uma parte da História portuguesa recente, e que muitos jovens desconhecem.

Não é qualquer livro, não é qualquer escritor, que logo desde o 1.º capítulo nos prende com a mesma intensidade até ao último capítulo.

Ficou a promessa de lhe enviar um *e-mail* quando acabasse de ler o seu livro, e aqui estou eu.

Parabéns pelo livro, pelo romance, pela lição de História.

Fico à espera do próximo.

Felicidades e muito sucesso em todas as vertentes da sua carreira profissional e pessoal.

Fernanda Silva

Parabéns pelo seu livro. Ontem não tive palavras para lho dizer pessoalmente, por comovido que estava depois de o ouvir. Sou natural de Paredes, mas aos 16 anos fui para Angola, para Luanda e mais tarde fui para Cabinda, tendo em 1973 voltado a Luanda até retornar a Portugal. Gostaria de lhe ter dito que o seu livro, que devorei em 5 dias, me fez relembrar a aflição de milhares de pessoas que não só queriam vir embora, como também trazer as suas coisas. Como trabalhava na Companhia Colonial de Navegação fui protagonista de muitas e muitas pessoas que me pediam para lhes arranjar uma passagem num dos nossos navios como também para os seus parcos haveres e a sua viatura, era o melhor que podiam trazer. A todas quantas mo pediram a todas foi satisfeita a sua vontade, sem qualquer interesse que não fosse por essas pessoas o mesmo que poderiam fazer por mim se estivessem num mesmo lugar e com esses previlégios. Muito gostaria de falar com o Júlio (JUCA), mas, como atrás lhe digo, foi com muita emoção que o ouvi a apresentar o livro e as palavras foram-se. (...) Tenho esperança de um dia poder conversar com o Júlio com mais calma. Com os meus melhores cumprimentos,

Adalmiro Loureiro

✎

Júlio Magalhães:

Já li o livro *Os Retornados*. É um espelho fiel do que vivi. O seu toque romanceado com o cruzamento das vidas de Carlos Jorge e Joana constituem um fecho com chave de ouro. Parabéns. Como natural de Angola (Luanda), foi um prazer receber como prenda de aniversário, no dia 21 de Maio de 2008, o livro *Os Retornados*, em que o autógrafo do autor feito em Ceide/Famalicão tem para mim um valor redobrado.

Um abraço do colega de profissão,
Miguel Abreu Monteiro

Caro Juca,

Li o seu livro e o melhor elogio que lhe posso fazer é que me emocionei algumas vezes. Histórias tão reais onde me revi, lugares que reconheci através da sua escrita... enfim, excelente.
(...)
Cheguei a Lisboa, cidade onde nasci, a 5 de Outubro de 1974, ainda sem ter 9 anos... Vivi em Sá da Bandeira, no prédio do Fotobazar... e, tal como o Juca, sinto que preciso de voltar. (...)
Tal como o Juca (que desgosto quando o soube «tripeiro» e a jogar no Porto), sinto um chamanamento daquela terra, sinto o seu cheiro, vejo a sua cor, o seu espaço infindável, sei lá... algo que não se consegue explicar quando lá se viveu pouco menos de um quinto da vida...
Espero que a memória das minhas memórias não me tenha atraiçoado...
Meu caro, tem aqui um admirador... um companheiro de viagem...
(...)
Seja feliz, Juca.

Um abraço,
Mário Cidrais Guimarães

⁊

Exmo Sr. Júlio Magalhães,
PARABÉNS

Não encontrei melhor e mais correcta palavra para começar do que esta.
Acabei de ler o seu livro e, confesso que me transportei em diversas páginas para os sítios nelas descritos, com o mesmo sentimento e emoção que tenho a certeza colocou quando o escreveu.

É simplesmente maravilhosa, uma história cheia de amor e emoção assente em verdades que me são tão familiares e que por isso me fizeram chorar de tristeza e ao mesmo tempo de alegria porque afinal, após todo o sofrimento por que passámos, conseguimos dar a volta por cima, tal como fazemos parte daqueles que ajudaram este país a crescer.

Pois é, também sou angolana, também sou chicoronha, também cresci junto ao Diana Bar, diverti-me no Parque Infantil no Cine Odeon, no rio das Pedras, em tantos lugares maravilhosos da nossa terra.

(...)

Mas um dia a 27 de Fevereiro de 1976, foi necessário deixar a nossa terra e rumar para a fronteira Pereira d'Eça com uma vontade enorme de regressar, mas tal não foi possível e via África do Sul chegámos a Portugal no dia 11 de Março.

A história da viagem e da chegada a Portugal não precisa de ser contada, o seu livro transcreve com uma realidade absoluta tudo o que aconteceu.

Recordar é viver, mas sei que o seu tempo não deve ser muito assim, vou acabar com a mesma palavra, Parabéns, muitas felicidades tanto na sua carreira de jornalista como nesta nova faceta de escritor.

(...)

Os meus mais sinceros agradecimentos. Esta chicoronha,

Paula Teixeira

Hoje jantei arroz de legumes com dois ovos estrelados com açúcar. Souberam à melhor iguaria do mundo. Estranho gosto a doçura. Doçura que encontrei no livro *Os Retornados – Um Amor Nunca se Esquece*.

(...)

Ao ler o livro do Júlio, senti-me transportar para aquele Verão de 75. Senti-me uma qualquer daquelas personagens do livro, que também por ali andaram no aeroporto, à espera de voo. Senti a angústia, o desespero, a tristeza de quem ali estava, e senti compaixão por aquilo por que tantos e tantos portugueses passaram.

Hoje chorei e as lágrimas que rolaram da minha face foram de reencontro com a História, reencontro com a história da minha vida.

(...)

Mas este *e-mail* é sobre o livro

Belíssimo

Comovente

De grande ternura

Com uma escrita simples, acessível, capaz de nos transportar no tempo e fazer-nos também actores do seu enredo. Penso que toda a gente o deveria ler. Talvez assim se percebesse um pouco melhor a História contemporânea do nosso país e a identidade do nosso povo.

Obrigada.

Um abraço,
Fernanda Ramalhoto

∽

Caro amigo,

Parabéns pelo seu excelente livro *Os Retornados – Um Amor Nunca se Esquece.*

Fiquei muito sensibilizado pelo seu conteúdo não só por ser também um dos «desolados» do Lobito, mas também por ser médico e ter começado a minha formação em Angola, onde vivi na Rua Serpa Pinto em Luanda.

Voltei a Angola em 92 para matar saudades, mas apenas matei o fantasma que me perseguiu desde 74. Sempre pensei um dia mostrar as minhas raízes ao meu filho também médico, mas já nascido cá e hoje cumpro a promessa de nunca mais voltar a Angola e de não querer que ele conheça a desgraça em que esta se transformou.

(...)

Um bem-haja pelas emoções a que me transportou com a leitura do seu livro.

Felicidades e um abraço grato,

Luís Costa Pardal

⌘

Caro Juca,

Li *Os Retornados* em menos de 24 horas.

Aguentei-me até à página 91 ou 92, a partir daí as emoções libertaram-se e não consegui conter as lágrimas até ao final.

Sou de 1965, nascido em Luanda e aterrei em Lisboa (TAP) dia 12 de Setembro de 1975.

Confesso que já não pensava em regressar à minha terra e com *Os Retornados* resgatei uma vontade escondida de lá voltar com a minha mulher e os meus três filhos...

(...)

Juca, com o seu livro, voltei a falar de Angola aos meus filhos!

Obrigado e um forte abraço,
Paulo Saraiva de Reffoios

Júlio Magalhães,

Diz o ditado popular «Mais vale tarde do que nunca». Até que enfim que ao fim de 30 anos se começa a escrever sobre os ditos retornados.

Parabéns pelo seu livro. Acredito que todas as pessoas que vieram na ponte aérea se sentiram uma personagem do seu livro. Foi o que senti. Li-o numa noite, chorei ao recordar Sá da Bandeira, minha terra natal, onde nasceram os meus pais, os meus avós e para onde vieram os meus bisavós da Madeira e primeiros habitantes do Bairro dos Barracões. Chorei ao lembrar o Picadeiro, o Urbano onde ia com a minha avó às compras. Também a Escola Luís de Camões onde fiz o exame da 4.ª classe, apesar de ser aluna do Paula Frassinetti.

(...)

Ler o seu livro foi um tormento de recordações, felizes e tristes. Obrigada por isso.

PARABÉNS
Marinela Deus

❦

Amigo Júlio,

Espero que tenhas gostado das fotos e do livro, como eu gostei do teu livro. E gostei, não como entendedor/crítico literário, porque não tenho conhecimentos para tal, mas por ter vivido quase tudo o que descreves e porque também o romance está escrito de maneira a que toda a gente o perceba e o entenda.

Li-o quase de uma assentada, muitas vezes com lágrimas nos olhos.

E, ao contrário do António Teixeira Mota, não tenciono ir buscar os restos da minha mãe enterrada no cemitério da Mitcha, há quase quarenta anos, porque é àquela terra que ela pertence, bem como o meu Avô, nascido em 1890 no Lubango.

Um abraço e continua a escrever.

Nelson Nóbrega Soares

❧

Querido Juca,

Fiz hoje uma coisa que não me acontecia há anos: ler um livro de uma acentada: o teu *Os Retornados*. É realmente uma maravilha como romance e pesquisa histórica muito, muito bem feita. África marca quem lá viveu e quem lá esteve. Muitos parabéns. Escreve outros.

Um beijinho,
Fátima Torres

❧

Olá, muito boa tarde!

Ao assinar o meu livro deu-me o seu *e-mail* e pediu para lhe enviar a minha opinião acerca do livro, assim sendo, posso dizer que sou leitora assídua, principalmente de livros com algum conteúdo histórico, com os quais aprendo muito. Com *Os Retornados* fiquei com uma ideia totalmente diferente da que tinha de Angola, e, apesar de ter já algum conhecimento do que se passou naquela época, cheguei à conclusão que o que sabia era muito, muito pouco.

Consegue fazer descrições de tal maneira elucidativas que fiquei com imensa vontade de conhecer o país e ao ler parece mesmo que estamos lá! Parabéns, acho que escreve muito bem e conseguiu um óptimo trabalho.

(...)

Despeço-me com um beijinho e fico a aguardar o próximo livro!

Liliana Gentil

Caro Júlio Magalhães,

Achei curioso ter escrito o seu *e-mail* junto da dedicatória, pois enquanto o ouvia pensava para mim mesmo que ia procurar forma de o contactar. E agora, que me apetecia escrever tanto, fico «embasbacado» a olhar para o «papel»... A esta hora a Ana (minha esposa) devora já o terceiro capítulo do livro que comprámos hoje, em Paredes. Muito obrigado por ser quem é, como é. Ao longo dos mais de 60 minutos em Paredes, apreciei, mas, acima de tudo, aprendi muito! Como lhe disse quando nos escrevia a dedicatória, foi para mim um incentivo e gostava de o ter escutado quando adolescente, no meio das habituais perguntas do género «o que quero ser quando for grande?»... Ouvir em primeira-mão a sinceridade, a humildade sóbria e genuína de alguém «grande» é muito mais cativante, enriquecedor e apelativo do que uma aula (senão mesmo um ano de ensino), acredite que o digo de forma sentida e não apenas para ser simpático.

(...)

Muito obrigado pelo momento inesquecível... Devorei e assimilei tudo, emocionei-me com todos os relatos e inclusive com o testemunho de amigos seus na plateia. O Júlio Magalhães é a prova que, de facto, vale a pena investir no carácter e deixar ser quem se É. Com amizade. Fique bem,

Miguel Gomes

༄

Ex.ᵐᵒ Senhor,

O meu nome é Ana Isabel, marquei presença na sessão que deu na Biblioteca de Gondomar. Talvez se recorde que lhe ofereci um livro da minha autoria.

Escrevo-lhe para o felicitar pelo sucesso que o seu livro vive, e, ao mesmo tempo, felicito-o também pelo modo simples, concreto e vivo como o escreveu. A mim, de certo modo, fez-me recordar momentos que ouvi do meu avô, enviado para a Guiné na altura da guerra (…). Eram muitas as histórias que me contava do que lá vivia, algumas animadas com os camaradas e com a população. A minha avó também as conta, por o ter acompanhado, mas recorda as muitas noites de perigo. A minha mãe nasceu na Guiné, mas veio para Portugal com apenas 3 meses de idade, e, como eu, apenas conhece a Guiné de fotos e relatos, contudo entendeu-se que as vivências por terras de África marcaram os meus avós. Não sentiram tanto o desapego do regresso como os retornados, mas também lhes custou voltar depois dos bons momentos por lá vividos.

Mas sem o querer aborrecer com esta pequena referência, apenas lhe dou os meus parabéns pelo seu livro e pelo bom rumo que deu ao conto romanceado.

Agradeço a disponibilidade, cumprimentos,

Ana Isabel Neves